Die Hüter der Meere

Der leuchtende Wal

Daniel Geißler & Thore Hunfeld

Weitere Titel der Autoren:

Daniel Geißler & Thore Hunfeld

Die Hüter der Meere
Der leuchtende Wal

Roman

Deutsche Erstausgabe

Fantasy

Funny Fantasy Factory Verlag, Münster

Dieser Titel ist auch als eBook erhältlich.

Englischer Titel:

The Sea Chronicles – The Shining Whale

1. Auflage Oktober 2022

Die Autoren finden Sie im Internet unter:

www.danielgeissler.de

Für meinen Sohn Thore, der träumte wie ich …

Der Lauf des Lebens

Tin hielt den Atem an. Er versuchte, sich zu beruhigen und dachte an die Worte seines Vaters.

„Es ist der Lauf des Lebens, notwendig. Wir jagen, um zu überleben."

Tin wusste, dass sein Vater Recht hatte. Dennoch… es sollte anders sein, dachte er.

Ansatzlos sprang Tin auf den nächsten Stein und breitete leicht die Arme aus, um das Gleichgewicht nicht zu verlieren. Langsam hob er seinen Speer und verfolgte mit dessen Spitze die Bewegungen des Burbaken, der vor ihm im Fluss schwamm. Er hatte noch nie ein solch riesiges Exemplar gesehen. Es maß an die zehn Fuß und hatte an den Enden der Flossen messerlange Nadeln, die es bei Gefahr in alle Richtungen abschießen konnte.

Tin konzentrierte sich. Bei einem Burbaken durfte man sich keinen Fehler erlauben. Er hatte mal gesehen, wie ein Grizzly einen Burbaken reißen wollte und von mehreren Stacheln des Fisches getroffen worden war. Der Bär war wie ein Stein in den Fluss gefallen und nicht wiederaufgetaucht.

Doch auch wenn es gefährlich war, er konnte sich

den Fisch nicht entgehen lassen. Der Burbake würde ihn und seinen Vater mehrere Tage lang ernähren.

Immer noch den Atem anhaltend, hörte Tin das Rauschen des Wassers, wie es tosend den nahen Wasserfall herunterkrachte, als wären es tausend Kanonenschüsse.

Und dann, plötzlich, hörte er die Furcht des Burbaken. Es war wie ein Schrei, der in sein Gehirn stach. Tin wusste sofort, dass er zu lange gewartet hatte. Der Burbake hatte ihn bemerkt.

Noch bevor er seinen Speer abfeuern konnte, spürte er bereits den Schmerz der Stacheln, die sich tief in sein Fleisch gruben. Ohne sich bewegen zu können, fiel Tin in den Fluss.

Von einem Moment auf den anderen bestand seine Welt nur noch aus Kälte und tosenden Wassermassen. Verzweifelt versuchte Tin, sich zu bewegen und gegen die Wirkung anzukämpfen. Aber es war sinnlos. Das Gift des Burbaken lähmte sämtliche Muskeln in seinem Körper. Unaufhaltsam trieb er auf den Wasserfall zu, der mehr als fünfzig Fuß in die Tiefe stürzte.

Die Welt verschwamm und Tin sah sich selbst, wie er neben seinem Vater am Meer stand und in die Ferne schaute. Wie jedes Mal, wenn er diese Vision hatte, spürte er die Angst vor dem Meer, dem er sich Zeit seines Lebens nicht auf mehr als einhundert Schritt hatte nähern dürfen.

Tin beobachtete, wie Tentakeln aus dem Wasser schossen, sich um seinen Vater schlangen und ihn in die Tiefe zogen. Er sprang in das verbotene Meer, um seinen Vater zu retten, verlor ihn und schwebte einsam in die Tiefe des Meeres hinab, bevor ihn ein leuchtendes Ungeheuer mit einem einzigen Happs verschlang.

Dann zersplitterte die Vision in tausend Teile und Tin registrierte, dass er immer noch bewegungsunfähig durch den Fluss gewirbelt wurde.

Als er spürte, dass die Luft nicht mehr lange reichen würde, kam plötzlich etwas Großes auf ihn zu, zog an seinen Kleidern und riss ihn aus dem tosenden Wasser.

Keuchend und Wasser spuckend kam er wieder zu Atem. Er lag am Flussufer, dutzende Schritte von der Stelle entfernt, an den ihn der Burbake mit seinen Stacheln getroffen hatte. Die Sonne stand bereits tief am Firmament und blendete ihn, so dass er nur Umrisse seines Retters erkennen konnte, der sich, ebenfalls um Atem ringend, vor ihm ins Gras gesetzt hatte.

Tin wollte die Hand schützend vor die Augen nehmen, um besser sehen zu können. Resigniert stellte er fest, dass ihn das Gift des Burbaken immer noch lähmte. Er war, zumindest für den Moment, bewegungsunfähig.

„Wenn ich doch nur an meinen Beutel mit den Kräutern herankommen könnte...", dachte Tin bei sich.

Wieder blickte er zu seinem Retter hinüber. Dieser richtete sich gerade auf, machte zwei Schritte auf Tin zu und beugte sich über ihn.

Tins Augen weiteten sich.

„Was hat er vor?"

Verzweifelt versuchte er, seine Arme und Beine zu bewegen.

Ohne zu zögern, griff sein Retter an Tins Gürtel und holte mit geschickten Hangbewegungen den Kräuterbeutel hervor, der fest verschnürt an der Innenseite von Tins Gürtel versteckt gewesen war.

„Schnaweschki-Kraut, das wird dich wieder auf die Beine bringen", hörte Tin seinen Vater sagen, der ihm auch schon eine kleine Portion in den Mund stopfte.

Allein die Aufnahme des Krauts über die Mund-Schleimhäute reichte aus, um die Wirkung des Gifts aufzuheben. Tins Arme und Beine kribbelten noch, als er die Hand seines Vaters zur Hilfe nahm und vorsichtig aufstand.

„Äh, hi Dad", sagte Tin kleinlaut und schob noch ein „Wie geht's?" hinterher.

Das verbotene Meer

Drei Tage hatte Tin noch das Bett hüten müssen, nachdem ihn der Burbake mit seinen giftigen Stacheln getroffen hatte. Das Schnaweschki-Kraut hatte Tin zwar sofort wieder die Kontrolle über seinen Körper zurückgegeben, aber es dauerte einige Zeit, bis er wieder aus dem Vollen schöpfen konnte.

Um seinen Heilungsprozess zu beschleunigen, hatte Tins Vater noch ein paar kräftigende Kräuter von der Schamanin des nächstgelegenen Dorfes besorgt. Einen Tag war er hierfür fort gewesen.

„Mühsame Einkaufswege… der Preis der Einsamkeit", hatte sein Vater lächelnd gesagt, als er davongestapft war.

Tin kannte diese Wege nur zur Genüge. Solange er sich erinnern konnte, lebte er abgeschieden mit seinem Vater in einer Hütte zwischen den Bergen und dem Meer. Nur selten verirrte sich mal ein Jäger oder Sammler in ihre Gegend.

An seinem sechzehnten Geburtstag stand Tin nun neben seinem Vater und blickte aufs Meer hinaus.

„Das verbotene Meer", dachte Tin und erschauerte.

Vor ihnen lag ein kleines Holzboot im Sand, welches Gann, Tins Vater, mit Blumen aller Art geschmückt hatte. In die Mitte der Blumen hatte er eine silberne Schatulle gelegt, die die Sonnenstrahlen glitzernd zurückwarf. Sein Vater hatte Tin nicht verraten wollen, was der Inhalt war. Tin wusste nur, dass die Schatulle selbst mal seiner Mutter gehört hatte, die kurz nach Tins Geburt gestorben war.

Langsam ging sein Vater nun zum Boot, öffnete die Schatulle und holte ein ledernes Band mit einem kleinen Anhänger heraus. Gann betrachtete den Anhänger kurz, hielt das Band dann in die Höhe und stellte sich schweigend vor seinen Sohn. Tin verstand, senkte den Kopf und ohne ein weiteres Wort legte ihm sein Vater das Band um den Hals.

Interessiert nahm Tin den Anhänger in die Hand. Es war ein blauer Stein, der wie ein großer Fisch geformt war.

„Es ist ein Wal, nicht wahr?" fragte Tin, der viele Zeichnungen seines Vaters gesehen hatte, die Tiere des Meeres zeigten.

„Richtig, mein Sohn", antwortete Gann. „Es ist ein Wal, ein im Wasser lebendes Säugetier."

Tin verdrehte die Augen. Sein Vater hatte den Anspruch, Tin IMMER und ZU JEDER ZEIT etwas beizubringen. Selbst an seinem Geburtstag.

„Aber dieser Anhänger ist mehr", fuhr sein Vater fort. „Es ist dein Wal. Er wird dich beschützen, was auch immer geschehen mag."

„Sieh dich an, mein Sohn", sagte Gann lächelnd und strich Tin übers goldene Haar. „Du hast ihre Augen, und ihr Herz."

„Und deine Mähne", meinte Tin grinsend.

Sein Vater lachte.

„Ja, da is was dran…" sagte er, warf seine wehenden Haare in den Wind und ging zum Boot zurück.

„Von hinten sieht er aus wie ein Löwe auf zwei Beinen", dachte Tin.

Sein Vater hob das Boot auf der einen Seite an und zog es über den Sand bis zum Meer. Kurz bevor die ersten Wellen das Boot berühren konnten, stellte er es wieder ab.

Tin hielt den Atem an. Nie zuvor hatte er das Meer aus der Nähe gesehen. Würde sein Vater tatsächlich das Wasser berühren? Was war mit all den Geschichten, die Tin von seinem Vater gehört hatte? Was mit all den Ungeheuern, die im Meer lauern sollten?

Doch als hätte es all die Abende, an denen Tins Vater ihm vom verbotenen Meer und seinen Gefahren erzählt hatte, nicht gegeben, hob Gann nun das Boot erneut an, trug es über die ersten Wellen und stieß es aufs offene Meer hinaus.

Das Boot glitt über die See, drehte sich leicht zur Seite und bewegte sich dann nicht mehr.

Tin blieb hinter seinem Vater zurück. Er dachte nicht daran, sich dem Meer auch nur einen Schritt weiter zu nähern. Bilder von riesigen Fischen mit übernatürlichen Kräften, Krebsen mit gigantischen Scheeren und Meermenschen mit grässlichen Gesichtern tauchten in seinem Kopf auf.

Er hörte die Worte seines Vaters, wie er Tin wieder und wieder vor dem Meer gewarnt hatte.

„Es ist gefährlich, mein Großer. Du darfst es nie, unter keinen Umständen betreten. Du wärst verloren!"

Tin verstand nicht, was sein Vater nun dazu bewogen hatte, gerade heute zum verbotenen Meer zu gehen.

Wie aus dem Nichts hatte sein Vater gestern, als sie vor ihrer Hütte am Lagerfeuer gesessen hatten, vom heutigen Tag als einem Tag des Erwachens gesprochen. Dass sich heute, an Tins sechzehntem Geburtstag, alles ändern würde und sie dem Schicksal ins Gesicht sehen müssten.

„Wir werden zum Meer gehen, mein Sohn", hatte sein Vater gesagt und gedankenverloren ins Feuer geblickt. „Wir werden zum Meer gehen, weil wir es müssen, Tin. Verstehst du? Wir haben keine Wahl mehr..."

„Aber was ist mit all den Ungeheuern, von denen du mir erzählt hast?" hatte Tin gefragt.

„Oh, die gibt es weiterhin. Aber die sind nun nicht mehr wichtig. Du wirst beschützt werden. Dafür sorge ich!"

Tin hatte nur genickt. Sein Vater hatte bisher immer Recht behalten. Auch wenn es diesmal gegen alles sprach, was er jahrelang gepredigt hatte. Aber Dinge ändern sich nun mal, so viel hatte Tin bereits gelernt. Dinge, Menschen, Situationen, die ganze Welt.

Und es hatte sich noch etwas geändert. Heute Morgen hatte Gann plötzlich über Tins Mutter gesprochen. Dass sie ein Teil von ihm wäre und ein Teil dieses besonderen Tages. Dann war Tins Vater zum Boot gegangen, welches jahrelang ungenutzt neben ihrer Hütte gelegen hatte, und hatte es für die Zeremonie vorbereitet.

Tin schüttelte den Kopf. So nah er seinem Vater in vielen Dingen auch war, alles würde er wohl nie verstehen.

Wieder im Hier und Jetzt blickte Tin zum Boot, welches wie erstarrt auf der spiegelglatten

Meeresoberfläche lag. Er wollte seinen Vater gerade fragen, wie lange sie noch in der Nähe des Meeres stehen bleiben mussten, als das Wasser vor dem Boot plötzlich zu brodeln anfing.

Dann schossen Tentakel aus dem Meer hervor, schlangen sich wie Peitschen um das Boot und zogen es mit einem Ruck in die Tiefe. Nur vereinzelte Blasen, die an die Meeresoberfläche stiegen, zeugten noch davon, dass vor wenigen Augenblicken ein Boot auf dem Wasser getrieben war. Ansonsten war das Meer genauso ruhig wie zuvor.

Unfähig, sich zu bewegen, versuchte Tin, einen klaren Gedanken zu fassen.

„Es gibt sie also wirklich", dachte er schockiert. „Die Ungeheuer, das Grauen der Tiefe, all die Gründe, warum ich dem Meer nicht zu nahekommen sollte!"

Die finsteren Geschichten seines Vaters waren all die Jahre wahr gewesen, registrierte Tin.

„Aber... wenn das stimmte, dann-" Tin blickte voller Angst zu seinem Vater.

„Papa", schrie er entsetzt, „wir müssen von hier verschwinden! Schnell, du musst aus dem Wasser raus, bevor-"

Doch es war bereits zu spät. Sein Vater wollte sich gerade umdrehen, als die Tentakeln wieder aus dem Wasser schossen und sich diesmal um Gann selbst wickelten. Er wehrte sich, versuchte, die Tentakeln auseinanderzureißen, hatte aber der Kraft des Ungeheuers nicht das Geringste entgegenzusetzen.

Die Tentakeln hielten Gann fest im Griff, rissen ihn in die Höhe und zogen ihn dann, wie das Boot zuvor, in die Tiefe hinab. Im letzten Moment, kurz bevor Gann in der Schwärze des Meeres verschwand, drehte er seinen Kopf und sah Tin ein letztes Mal an.

„Das ist unser Schicksal, mein Sohn", hörte Tin die Stimme seines Vaters, als würde sie seinen Gedanken die Worte zuflüstern. „Du bist der Hüter, das Meer ist deine Heimat. Glaube an dich!"

Dann war sein Vater verschwunden.

Tin zögerte keine Sekunde. Selbst wenn es das verbotene Meer war, selbst wenn Ungeheuer in ihm hausten, die schlimmer waren als alle Bestien des Waldes zusammen, er musste seinen Vater retten. Und dafür gab es nur einen Weg!

Tin riss die Schuhe von den Füßen und warf sein T-Shirt weit von sich. Dann rannte er auf das Meer zu, sprang ins Wasser und tauchte an der Stelle unter, an der die Tentakel seinen Vater noch wenige Sekunden zuvor in die Tiefe gezogen hatten.

Sofort stach die Kälte des Ozeans in seine Adern und seine Hose klebte an ihm, als wäre es seine zweite Haut. Er bemerkte ein Stechen am Hals und ein Kribbeln lief durch seinen ganzen Körper. Doch Tin ignorierte es. Für Schmerz hatte er einfach keine Zeit.

Hektisch drehte er sich um sich selbst und suchte nach seinem Vater und dem Monster, das ihn entführt hatte.

„Es muss ein Krake sein!" dachte Tin.

Doch das Meer war so schlammig, dass er nur wenige Meter weit sehen konnte.

Dann wurde Tins Sicht auf einmal klarer. Er konnte den Boden unter sich erkennen und Fischschwärme, die mehrere Fuß weit entfernt an ihm an einer Felsformation vorbeizogen. Irritiert blieb sein Blick an einem Felsen hängen, der wie eine Murmelbahn geformt war. Tin kniff die Augen zusammen. Waren das tatsächlich Krebse, die die Scheren hochreißend die Steinbahn entlangsausten und kichernd auf den Meeresgrund fielen. Können Krebse kichern? Oder Spaß haben? Und winkte ihm da gerade einer der Krebse auffordernd zu, die Murmelbahn mal zu versuchen.

Tin schüttelte den Kopf. Die Panik musste ihm einen Streich spielen. Und selbst wenn nicht, er musste seinen Vater finden. Nur das zählte!

Tin riss seinen Blick von den Party-Krebsen los und sah sich nun um. Er sah seinen Vater nicht! Aber irgendwo musste er doch sein. Hektisch drehte sich Tin unter Wasser um sich selbst.

Und dann, endlich, sah er den Kraken. Den Kraken, der, so groß wie ihre Hütte in den Wäldern, seinen Vater immer tiefer ins Meer hinunterzog.

„Ich muss ihn retten!" dachte Tin verzweifelt. „Nur wie?!?"

Sein Vater hatte ihm in den Flüssen und Seen der Wälder das Schwimmen gelehrt. Auch tauchen konnte Tin sehr gut. Oft hatten sie Wettkämpfe veranstaltet, in denen es darum ging, Schnelligkeit und Geschicklichkeit im Wasser unter Beweis zu stellen.

„Aber so schnell und so tief wie der Krake werde ich niemals tauchen können!" wusste Tin. „Mein Vater ist verloren und ich kann nichts dagegen tun!"

Er blickte zur Wasseroberfläche und wollte schon auftauchen, um Luft zu holen, als er bemerkte, dass er gar keine neue Luft benötigte.

Im Gegenteil! Er hatte das Gefühl, zum ersten Mal in seinem Leben reine, saubere Luft einatmen zu können – und das unter Wasser!

Irritiert tastete Tin sein Gesicht ab, Nase, Mund und

schließlich seinen Hals. Ein Schreckensschrei entfuhr ihm.

Er hatte Kiemen, echte Kiemen, wie bei einem Fisch! Er blickte auf seine Hände. Zwischen seinen Fingern waren Hautlappen gewachsen, die seine Hände zu Schaufelbaggern unter Wasser machten. Tin blickte an sich hinab. Auch zwischen seinen Zehen hatte er plötzlich Schwimmhäute und sein Oberkörper war über und über von Schuppen bedeckt, so dass er im Wasser funkelte, als wäre er eine von den Forellen, die er sonst immer im Fluss fing.

Überrascht drehte sich Tin in Richtung des Kraken und verursachte dabei einen kleinen Wirbelsturm im Meer, als er sich blitzschnell um sich selbst drehte. Nur mühsam kam er wieder zum Stillstand.

„Was ist mit mir passiert?!" fragte er sich und blickte noch einmal an seinem neuen Körper hinab.

Doch dann besann er sich. Was auch immer es war, ihm blieb später noch genug Zeit, das Rätsel zu lösen. Jetzt musste er erst einmal den Kraken verfolgen und seinen Vater befreien. Nichts anderes zählte. Vielleicht konnte Tin nicht so schnell schwimmen wie der Krake. Vielleicht verlor er ihn. Aber er konnte jetzt unter Wasser atmen, hatte Kiemen, Schwimmhäute und Schuppen. Er musste es zumindest versuchen.

Entschlossen machte Tin nun den ersten Zug und schoss wie ein Pfeil durchs Wasser.

„Wahnsinn, ich bin so schnell wie ein Delfin!" schrie er jubelnd in die Weiten des Ozeans hinaus.

Begeistert raste Tin an Fischschwärmen vorbei und dem Kraken hinterher. Nach jedem Armzug legte er die Arme eng an den Körper, um dem Wasser noch weniger Widerstand zu bieten. Zusätzlich machte er mit seinen

Beinen wellenartige Bewegungen und schaffte es so, noch weiter zu beschleunigen.

Rasch holte er auf. Schon konnte er die einzelnen Tentakel des Kraken erkennen. Und seinen Vater, der, die Augen weit aufgerissen, seinen Sohn anguckte und ihm anscheinend etwas zurufen wollte.

Tin war erleichtert. Also war sein Vater noch am Leben! Nun bemerkte Tin auch die Schuppen am Körper seines Vaters, die das wenige Licht, das diese Tiefen im Wasser noch erreichte, funkelnd zurückwarfen. Er hatte sich, ebenso wie Tin, in einen Meermenschen verwandelt und konnte anscheinend unter Wasser atmen!

Angespornt durch die Nähe zu seinem Vater, versuchte Tin, noch näher an den Kraken heranzukommen. Doch dieser schien seinen Verfolger bemerkt zu haben und erhöhte nun seinerseits die Geschwindigkeit.

Tin ließ den Kraken nicht aus den Augen und holte weiter auf. Nur noch wenige Fuß trennten Tin und den Kraken. Doch dann, als er seinen Vater schon fast berühren konnte, stieß der Krake plötzlich senkrecht in die Tiefe und schoss Tin eine riesige Fontäne Tinte entgegen.

Tin konnte von jetzt auf gleich nichts mehr erkennen.

„Verdammt", fluchte Tin in sich hinein. „Woher soll ich jetzt wissen, wo unten ist?!?"

Um keine Zeit zu verlieren, schwamm er los. Jede Richtung war erst einmal die richtige. Hauptsache er kam aus der schwarzen Wolke wieder heraus!

Nach wenigen Sekunden lichtete sich die Dunkelheit ein wenig. Tin versuchte, sich zu orientieren. Über ihm sah er die helle Wasseroberfläche. Ängstlich blickte er in die Schwärze der See unter sich. Auch wenn er auf einmal ein Meermensch war, er hatte immer noch Angst vor der Tiefe. Die Geschichten seines Vaters konnte er so schnell nicht alle vergessen.

„Monster hin oder her, ich muss da runter!" sagte er zu sich selbst. „Mir bleibt keine Wahl!"

Also nahm er all seinen Mut zusammen und folgte dem Kraken in die Dunkelheit.

Nach wenigen Armzügen konnte Tin seine eigene Hand vor Augen nicht mehr erkennen. Dennoch schwamm er unbeirrt weiter. Immer tiefer in die Schwärze hinein, die jegliches Licht und jedes Geräusch zu verschlucken schien. Ohne zu wissen, ob er immer noch auf dem richtigen Weg war, ob er immer noch dem Kraken folgte, schwamm Tin weiter.

Plötzlich zerriss ein Schrei die Stille. Tin wirbelte herum. Verzweifelt suchte er die Dunkelheit ab, doch außer Schwärze konnte er nichts erkennen. Er hatte weder eine Ahnung, wo er war, noch woher das Kreischen gekommen war. Auch konnte er nicht mehr sagen, wohin der Krake mit seinem Vater geschwommen war.

Er tat das Einzige, was er in solch einer Situation noch tun konnte: Er schwamm einfach weiter, in der Hoffnung, dass ihn seine Züge von dem Schreien weg- und seinem Vater näherbrachten.

Wieder erfüllte markerschütterndes Kreischen die schwarze See. Tin zuckte zusammen. Ängstlich blickte er sich um. Es schien näher gekommen zu sein. Er musste an die Worte seines Vaters denken, der ihm von den Scharfzacken erzählt hatte.

Menschengleiche Wasserwesen, die ihre Opfer erst mit ihrem Kampfschrei in Angst und Schrecken versetzten und dann mit ihren giftbesetzten Dreizacken überwältigten.

Was, wenn all die Geschichten seines Vaters tatsächlich wahr sein sollten? Wenn es nicht nur den Kraken, sondern auch die Scharfzacken gab? Dann wäre Tin verloren! Er hatte nichts, was er diesen Monstern entgegensetzen konnte.

In der Dunkelheit tastete er hastig seinen Körper ab. Doch ihm war weder ein Stachel gewachsen noch messerscharfe Zähne, mit denen er sich hätte wehren können. Tin überkam Panik.

Gedankenverloren umschloss er den blauen Anhänger, den ihm sein Vater bei der Zeremonie um den Hals gelegt hatte.

Trotz der Kälte des Meeres war dieser warm und fühlte sich seltsam vertraut an. Tin hob ihn vor sein Gesicht. Überrascht bemerkte er, dass der blaue Wal schwach zu leuchten begann und wie ein kleines Herz pulsierte. Das zu Anfang beinahe schüchterne Leuchten wuchs mit jedem Herzschlag weiter an bis Tin von einer Aura aus purem, pulsierendem Licht umgeben war.

Das Licht erfüllte Tin mit neuem Mut. Sollten die Scharfzacken ruhig kommen, er würde sie alle in die Flucht schlagen! Und danach würde er seinen Vater aus den Fängen dieses schrecklichen Kraken befreien!

Als Tin den leuchtenden Wal wieder an seine Brust legte, wurde sein Körper von einer Erschütterung erfasst. Tin fühlte den Pulsschlag des kleinen Steins, fühlte, wie sich dieser mit seinem eigenen Herzschlag verband und eins wurde. Es war beinahe so, als hätte er nun zwei Herzen, die für ihn schlugen. Sein Körper pulsierte und eine Druckwelle raste kreisförmig von seinem Körper in die Dunkelheit hinaus.

Und dann hörte er zum ersten Mal die Stimme. Das irritierende war, dass er sie nicht etwa mit seinen Ohren hörte. Es war wie bei der Entführung seines Vaters, als dessen Gedanken direkt in Tins Kopf erschienen waren, bevor ihn der Krake unter Wasser gezogen hatte.

Auch diesmal hörte Tin die Stimme in seinem Kopf, in seinem Bewusstsein. Nur waren es nicht nur Worte, die Tin hörte, es war vielmehr eine Mischung aus Worten, Bildern und Gefühlen. Dennoch, oder gerade deshalb, verstand er den Sinn, den ihm die Stimme in seinem Kopf mitteilen wollte.

„Ich werde für dich da sein, und du für mich", sagte die Stimme und Tin fühlte Freundschaft und Mut. Er konnte der Stimme vertrauen, das spürte er.

„Ich bin auf dem Weg", fuhr die Stimme fort. „Halte sie mit deinem Lebensstein auf, bis ich dir zu Hilfe eilen kann. Und hab keine Angst! Sie spüren deine Angst, die Scharfzacken leben davon!"

Tin wusste nicht, woher diese Stimme kam oder was die Stimme, dieses Bewusstsein, war. Doch er wusste, dass sie ihm helfen wollte.

Was hatte die Stimme gesagt? Er sollte seinen Lebensstein benutzen, um die Scharfzacken hinzuhalten?

Tin umschloss noch einmal den leuchtenden Stein und hielt ihn dann vor sich in die Dunkelheit.

„Hab keine Angst, hab keine Angst!" sagte er sich selbst.

Dann dachte er an die Lehren seines Vaters.

„Formuliere niemals negativ", hatte er Tin wieder und wieder eingebläut. „Nur positive Worte führen zu einhundert Prozent positiven Ergebnissen!"

Tin spannte all seine Muskeln an und rief laut in die

Dunkelheit hinaus: „Kommt nur, ihr Ungeheuer! Ich bin Tin, der Hüter! Ich bin stark, ich bin mutig und ich werde euch besiegen!"

Auch wenn die Worte ihn tatsächlich stärker machten, hoffte er dennoch gleichzeitig, dass die geheimnisvolle Stimme ihm schnell zur Hilfe eilen würde.

Und dann waren sie plötzlich da!

Fürchterliche Grimassen traten an den leuchtenden Kreis, den der Lebensstein um Tin herum bildete. Die Scharfzacken waren größer, als Tin befürchtet hatte. Sie kreischten, rissen ihre Dreizacke in die Höhe und schwammen drohend auf Tin zu.

Doch Tin war durch die Kraft des Steins stärker geworden, und mutiger. Entschlossen nahm er nun das Band mit dem Lebensstein ab und hielt sie wie eine Waffe den Angreifern entgegen.

Die Scharfzacken kamen näher. Als sie fast auf Armlänge heran waren, riss Tin den Lebensstein über seinen Kopf und schrie die Ungeheuer an, wie er noch nie jemanden angeschrien hatte.

Und tatsächlich, es funktionierte! Fauchend wichen die Ungeheuer bis an den Rand des leuchtenden Rings zurück.

Langsam drehte sich Tin um sich selbst, hielt dabei den Stein immer noch hoch erhoben und versuchte so, die Gegner auf Abstand zu halten.

Sobald Tin den Stein auf einen Scharfzacken richtete, wich dieser zurück. Sie hatten Angst vor dem Stein, registrierte Tin triumphierend.

Doch seine Euphorie hielt nicht lange an. Da Tin von den Scharfzacken umzingelt war und sich so immer drehen musste, um alle auf Abstand zu halten, kamen immer diejenigen, die gerade in seinem Rücken waren und nicht den Stein fürchten mussten, wieder näher an ihn heran.

Beinahe hätte ein Scharfzacke Tin mit seinem Dreizack erwischt!

Tin versuchte, sich schneller um sich selbst zu drehen, aber selbst das hielt die Scharfzacken nicht auf Dauer ab. Sie wurden immer mutiger und zogen ihren tödlichen Kreis immer enger.

Tin blickte sich verzweifelt um. Es schien keinen Ausweg mehr zu geben – es waren einfach zu viele!

Gerade als die Scharfzacken ihre Dreizacke für den tödlichen Stoß hoben, schoss eine leuchtende Kugel aus den Tiefen des Meeres auf die Ungeheuer zu.

Der Kreis der Scharfzacken wurde auseinandergesprengt, doch bevor Tin jubeln konnte, raste die Kugel auch schon auf ihn selbst zu, wurde zu einem gigantischen, dunklen Schlund und verschlang ihn mit einem Happs.

Die Energie des Meeres

Tin wachte auf. Noch bevor er seine Augen öffnete, wusste er, dass ihn Wasser umgab. Überall.

„Ich muss immer noch im Meer sein", dachte er. „Und bin immer noch nicht gestorben…"

Bei dem Gedanken an seine Verwandlung berührte er seinen Hals. Langsam fuhren seine Finger über die Kiemen, die es ihm ermöglichten, unter Wasser zu atmen.

Plötzlich fielen Tin wieder die Ungeheuer ein, die ihn attackiert hatten. Rasch riss er die Augen auf und sah sich um.

Erleichtert stellte er fest, dass offensichtlich keine Gefahr mehr drohte. Abgesehen davon, dass er auf dem Meeresboden auf einem Bett aus Algen lag, wirkte seine Umgebung beruhigend normal.

Tin richtete sich auf. Die Hütte, in der er sich befand, bestand aus Steinwänden und war gerade einmal so hoch, dass er nur gebückt darinstehen konnte. Bis auf das Bett, welches aus Algen und einer Art Muschelrahmen bestand, lag in der Hütte noch ein Schildkrötenpanzer, der von vier Steinen flankiert wurde und wohl einen Tisch darstellen sollte. In der

Mitte des Panzers schimmerte ein goldener Kreis, der Tin entfernt an eine Krone erinnerte. Der Ausgang der Hütte war mit Algen verhangen, welche sanft in der Strömung des Meeres hin und her wiegten.

Tin machte einen Schritt auf den Ausgang zu und blieb stöhnend stehen. Schmerzverzerrt fasste er sich an den Kopf. Als er die Beule berührte, die an seiner Stirn prangte, kamen seine Erinnerungen langsam wieder.

Bilder des Kraken, wie er seinen Vater ins Meer verschleppt hatte...

Bilder von den Ungeheuern, die plötzlich aus der Schwärze des Meeres aufgetaucht waren und Tin attackiert hatten... Die Scharfzacken.

Dann das seltsame Leuchten, welches nicht nur jegliche Angst aus Tins Adern, sondern auch die Ungeheuer vertrieben hatte. Und da war sie wieder, die Erinnerung an etwas Großes, das irgendwie in Zusammenhang mit der Beule an seiner Stirn stand.

Tin dachte an seinen Vater und versuchte, die Schmerzen zu ignorieren. Er schob die Algen zur Seite und trat ins offene Meer hinaus.

Erschrocken stolperte Tin zurück und wäre fast gestürzt, wenn er sich nicht in letzter Sekunde an der Wand der Hütte abgestützt hätte.

Direkt vor ihm auf dem Meeresboden lag, seelenruhig und als wäre es das Normalste auf der Welt, ein Wal. Er war zwar nicht annähernd so groß wie ein Pottwal, dem Himmel sei Dank, aber es war ganz offensichtlich ein Wal – und die sind bekanntlich nicht die kleinsten Lebewesen im Meer.

In der Länge schätzte ihn Tin auf mindestens zehn Meter, wobei das Maul des Wals das Beeindruckendste war, was Tin je gesehen hatte. Es war so breit, dass sicherlich die ganze Hütte hineingepasst hätte. Erleichtert stellte Tin fest, dass der Wal anscheinend schlief, da er beide Augen geschlossen hatte.

Dennoch wich Tin vorsichtshalber noch einen weiteren Schritt zurück, nicht ohne den Wal aus den Augen zu lassen, und stieß dabei prompt mit dem Kopf an die Tür der Hütte.

„Verdammt!" fluchte er leise und rieb sich den Hinterkopf.

„Harharhar!"

Ein Dröhnen donnerte Tin entgegen, wie ein Orkan, der das Meer verwüsten wollte.

Erschrocken blickte Tin den Wal an.

Dieser hatte mittlerweile ein Auge geöffnet und musterte den Jungen interessiert.

„Harharhar", donnerte es wieder durch das Meer.

Erst jetzt verstand Tin. Er wurde anscheinend gerade von einem Wal ausgelacht.

Tin wusste nur wenig über das Meer, und noch weniger über Wale. Schließlich hatte ihm sein Vater immer verboten, sich dem Meer auch nur auf Sichtweite zu nähern. Er kannte das Meer und seine Bewohner nur durch die Erzählungen und Bilder seines Vaters. Aber Tin war sich dennoch sicher, dass kein Tier des Meeres lachen konnte – noch nicht einmal der Clownsfisch. Das war ein Naturgesetz!

„Du bist mir vielleicht ein komisches Ding, harharhar!" lachte der Wal nun wieder und überging damit spielerisch alle Regeln, die der Mensch für die Meeresbewohner fein säuberlich aufgestellt hatte.

Belustigt schlug er mit dem Schwanz auf den Boden. Schubkarrenladungen an Meeressand schossen in die Weiten des Ozeans hinaus.

„Öhhhmm…", brachte Tin heraus und kratze sich irritiert am Kopf. „Dasssss… ähhh…"

„Harharhar, sprechen kann es auch nicht!" lachte der Wal und öffnete nun auch das zweite Auge. „Ich kenne viele Wesen des Meeres, und einige von denen sind alleine wirklich aufgeschmissen, das sag ich dir. Aber keins der Geschöpfe ist so hilflos wie du!"

Wieder lachte der Wal.

„Wer weiß, vielleicht essen dich die Harpunis doch nicht auf. Sie sind sehr abergläubisch. Seltsamen Dingen, die noch nicht einmal reden können, trauen sie nicht über den Weg…"

Ängstlich starrte Tin den sprechenden Wal an.

„Ähmmm… aufessen?" fragte Tin zögerlich.

„Nanu", grinste der Wal und drehte seinen Kopf vollends in Tins Richtung, so dass dieser für ein paar Augenblicke in einem kleinen Sandsturm verschwand.

„Du kannst ja doch reden. Scheinst mir allerdings nicht der Schlauste zu sein. Oder du hast mir nicht zugehört. Wie ich eben sagte, sprechende Wesen werden von den Harpunis gefressen… Du hast deine Position gerade nicht verbessert. Nein, das kann man wirklich nicht sagen. Naja, sei´s drum. War nett mit dir."

Der Wal legte kurz den Kopf zur Seite. Dann erhob er sich mit einer Eleganz vom Meeresboden, die Tin bei einem Lebewesen seiner Größe nicht annähernd vermutet hätte, und schwebte der Schwärze des Meeres entgegen.

„Hey, warte!" rief Tin ihm hinterher. „Was soll das heißen, die Harpunis wollen mich fressen?!?"

„Nun ja", dröhnte der Wal in die Weiten des Ozeans hinaus, „sie wollen nicht, sondern sie werden. Das ist ein feiner, aber bedeutender Unterschied. Es wird allerdings ein Weilchen dauern. Das mit dem Fressen meine ich. Mit ihrer Mundhygiene steht es nicht gerade zum Besten, wenn du verstehst, was ich meine. Aber bevor du ungeduldig wirst, kann ich dich beruhigen. Es wird nicht mehr lange dauern, bis sie damit anfangen…"

Panik stieg in Tin auf. Er hatte doch gerade erst den Angriff dieser schrecklichen Meeresungeheuer überstanden. Sollte er jetzt direkt in das nächste Unglück stürzen?

„Was soll das heißen, es wird nicht lange dauern?" drängte Tin.

„Sie haben dich bereits umzingelt", antwortete der Wal beinahe gelangweilt. „Du bist immerhin in ihrem Königshaus aufgewacht."

„Was?!?" schrie Tin, drehte sich hektisch um seine eigene Achse und versuchte, in alle Richtungen zugleich zu blicken. „Wo sind sie?!?"

„Sie sind hier, Kleiner, sie sind hieeer", sagte der Wal und entschwand ins dunkle Meer.

Als der letzte Ton des Wals verklungen war, sprangen plötzlich, keine zehn Schritte von Tin entfernt, winzige, grüne Wesen aus dem Meeressand und jagten Tin ihre Kampfschreie entgegen.

Sie waren so klein, dass sie beinahe putzig wirkten, und reichten Tin gerade mal bis zur Brust. Ebenso wie Menschen besaßen die Harpunis zwei Arme und zwei Beine. Der Unterschied zwischen einem Menschen und einem Harpuni bestand allerdings darin, dass ein Harpuni ganz offensichtlich nicht aus Haut und Knochen, sondern fast gänzlich aus Algen zu bestehen schien. Algen, die ihre Körper wie Kleidung bedeckten und sich mit den Strömungen des Meeres bewegten.

Man hätte meinen können, dass sie nur ein Haufen Algen wären, aus denen zwei seltsam, rotglühende Augen starrten, wären da nicht die Speere gewesen, die von den kleinen Ungeheuern bedrohlich auf Tin zeigten. Und wäre da nicht ihre Anzahl: Es waren mindestens zwei Dutzend.

Verzweifelt suchte Tin nach einem Ausweg, aber die Harpunis hatten bereits einen dichten Ring um ihn gezogen. Wohin er auch sah, versperrte ihm ein Harpuni den Weg. Selbst wenn er versuchen würde, den Harpunis davon zu schwimmen, hätten sie ihn mit ihren Speeren aufgespießt, bevor er auch nur einen Armzug hätte machen können.

Die Harpunis kamen immer näher. Als sie nur noch wenige Armlängen von Tin entfernt waren und dieser schon verzweifelt aufgeben wollte, hörte der Junge aus der Ferne ein bekanntes Grollen.

„Harharhar!"

Es war das Lachen des Wals. Doch diesmal lachte ihn der Wal nicht aus, dessen war sich Tin ziemlich sicher. Der Wal schien eher amüsiert zu sein.

Die Harpunis wichen wieder einige Schritte zurück.

„Erinnere dich", erscholl die Stimme des Wals nun in Tins Kopf, als würde der Wal direkt neben ihm im Sand des Meeres liegen. Tin erkannte sie. Es war die gleiche Stimme, die ihm bei den Scharfzacken geholfen hatte. Die Stimme des Wals in seinem Kopf unterschied sich allerdings von der natürlichen Stimme des Wals. Wenn man einen sprechenden Wal denn natürlich nennen konnte.

„DU bist es", sagte Tin und bemerkte erstaunt, dass er seinen Mund gar nicht bewegt hatte. „Kannst du, kannst du mich auch hören?"

„Klar!" sagte der Wal knapp.

„Dann bist du die Stimme in meinem Kopf", schickte Tin seine Gedanken zum Wal und war stolz, dass er so etwas zu Stande brachte. Es war leichter als er vermutet hätte.

„Ja, das bin ich wohl, Schlaukopf", sagte der Wal und Tin konnte in den Emotionen, die er mitschickte, ein deutliches Grinsen erkennen. „Hätte es dir vorher sagen können, aber das wäre längst nicht so witzig gewesen, harharhar!"

„Ok, ähm, in Anbetracht der etwas brenzligen Situation… kannst du mir sagen, wie ich die Algen-Viecher wieder loswerde?" fragte Tin drängend.

„Erinnere dich an die Energie des Meeres, an deine Energie! Spüre sie…"

Die Worte des Wals hallten in Tins Kopf wider. Sie schienen sich durch seine Adern zu schlängeln wie ein glitschiger Aal durch ein enges Flussbett, bis sein ganzer Körper von den Schwingungen erzitterte.

Und da erinnerte sich Tin an alles. Er erinnerte sich an das Leuchten, das aus den Tiefen des Ozeans aufgetaucht war, als ihn die Ungeheuer angegriffen hatten. Doch nun konnte er deutlich erkennen, dass es keine leuchtende Kugel, sondern der sprechende Wal gewesen war, der die Scharfzacken auseinandergesprengt hatte.

Er erinnerte sich daran, wie der Wal sein Maul geöffnet hatte, wie plötzlich tausend Sonnen erstrahlt waren und die Ungeheuer vor Schmerz das Weite gesucht hatten. Und wie der Wal ihn, als er am Rande der Erschöpfung gewesen war, auf seinen Rücken genommen und in Sicherheit gebracht hatte.

Doch da war noch mehr. Tin sah auf seine Hände hinab. Er war es gewesen, der den Wal gerufen hatte. Er war es auch gewesen, der mithilfe seines Lebenssteins das erste Leuchten hervorgebracht hatte. Und er wusste nun auch wieder, wie.

Tin blickte die Harpunis an, doch das Einzige, das er vor seinem geistigen Auge sah, war sein Vater. Das Einzige, was er spürte, war die Wärme, die ihn beim Anblick seines Vaters durchflutete. Tin wusste instinktiv, wie er diese Wärme, wie er die Energie nutzen konnte. Er musste sie nur lenken.

Licht schoss aus seinen Händen und traf die Harpunis, die direkt vor ihm standen. Wie von einem Hammerschlag getroffen, wurden sie meterweit ins dunkle Meer hinausgeschleudert. Bestürzt stellte Tin jedoch fest, dass es sie nicht lange aufhielt. Die Harpunis, die vom Strahl getroffen worden waren, standen wieder auf, als wäre es nichts, besahen sich das Loch in ihrem Algenkörper und griffen Tin dann einfach wieder erneut an.

Tin drehte sich so schnell er konnte und schoss seinen Angreifern weitere Energiestrahlen entgegen.

Aber es waren einfach zu viele. Immer mehr dieser kleinen, wuseligen Algenkämpfer schossen aus dem Sand hervor und griffen Tin mit ihren spitzen Speeren an.

„Hilf mir!" rief Tin dem Wal zu. „Ich schaffe es nicht allein!"

„Na gut", antwortete der Wal langsam. „Will mal nicht so sein…"

Als wäre er nur einen Steinwurf entfernt gewesen, schoss der Wal im nächsten Moment wie ein strahlender, fleischgewordener Pfeil durch das Meer und pflügte die vorderste Reihe der Harpunis nieder als wären es Pappsoldaten.

„Hat da jemand einen Wal bestellt?" fragte er Tin grinsend, nachdem die noch übrig gebliebenen Harpunis Reißaus genommen hatten.

„Könnte man so sagen", rief Tin zurück.

Der Wal drehte sich, legte sich direkt vor Tin in den Sand und klappte das riesige Maul auf.

„Steig ein", sagte er in Gedanken zu Tin.

Tin zögerte.

„Ähm", antwortete Tin, ebenfalls in Gedanken. „Lieber nicht, danke. Weißt du, ich bevorzuge dann doch eher die klassische Art des, ähm… Schwimmens."

„Ach, stell dich nicht so an", antwortete der Wal in Tins Kopf. „Du warst da schon mal drin, erinnerst du dich? Und du lebst immer noch, hahaha! Außerdem… ich habe die Harpunis zwar fürs erste verscheucht, aber es sind ziemlich viele in der Nähe, wenn ich recht gezählt habe. Und wenn sich die Harpunis erst einmal vom ersten Schock erholt haben, werden sie wiederkommen. Alle werde ich nicht vertreiben können. Und glaub mir, du bist noch nicht in der Lage, ihnen alleine davon zu schwimmen. Du hast also keine Wal…!" Der Wal lachte sich kaputt. „Verstanden? Keine Wal…. Hahaha!"

Tin guckte den Wal nur schief von der Seite an.

„Ist das dein Ernst? Du machst in so einer Situation Witze?"

Der Wal ging nicht auf Tins Konter ein und klappte sein Maul auf.

„Isch nehm auch täglisch Putzfische aufsch", ergänzte er mit seiner richtigen Stimme und versuchte dabei, das Maul aufzuhalten.

„Könnte ich mich nicht einfach an dir festhalten, irgendwo?" fragte Tin.

„Nun ja, du könntest auf mir reiten, aber dazu ist unsere Verbindung noch nicht stark genug", antwortete der Wal wieder etwas ernster. „Also, wir haben nicht mehr viel Zeit… Wie sieht´s aus?"

Tin blickte sich um. Nicht weit entfernt meinte er mehrere Bewegungen ausmachen zu können, als würden grüne Finger aus dem Boden wachsen.

„Ok, gut. Aber wenn du versuchst, mich zu fressen, werde ich dir meine Energiestrahlen durch das Maul jagen!"

Der Wal schüttelte sich.

„Uiiii, da hab ich jetzt aber richtig Angst... Also, was ist jetzt, steigst du ein, oder was?!"

Tin nickte. Er hatte wohl tatsächlich keine Wahl. Auf dem Weg zum Wal nahm er noch schnell einen Speer vom Meeresboden auf, den wohl ein Harpuni zuvor fallengelassen hatte. Mit wenigen Zügen schwamm er ins Maul des Wals und setzte sich, aufgrund fehlender Alternativen, auf dessen Zunge.

Es ruckelte und zuckelte, dann erhob sich der Wal und nahm Fahrt auf. Erst jetzt fiel Tin auf, dass er überhaupt keine Ahnung hatte, wohin die Reise gehen würde.

Im Inneren des Wals

Tin saß, den Speer auf den Beinen abgelegt, auf der schleimigen, mit Salzwasser und etlichem Getier benetzten Zunge des Wals und schwankte mit ihm durchs Meer.

„Wohin schwimmen wir?" fragte er noch einmal, erhielt jedoch abermals keine Antwort. Der Wal schwieg, seitdem Tin in sein Maul geschwommen und sie vor den Harpunis geflohen waren.

Tin steckte im Maul des Wals fest, soweit er das beurteilen konnte. Der Wal konnte mit ihm machen, was immer er wollte, verschlingen zum Beispiel. Auch wenn Tin das für sehr unwahrscheinlich hielt. Immerhin spürte er den Wal und hatte vom ersten Moment, in dem er dessen Stimme gehört hatte, ein so starkes Zutrauen zu dem Tier, das es beinahe unheimlich war. Dennoch, sicher ist sicher, sagte er sich.

„Ähm, du wirst mich doch nicht fressen, oder?" fragte er daher zögerlich und versuchte mit ausgestreckten Armen das Gleichgewicht zu halten.

„Nein, ich werde dich nicht fressen, Hüter des Meeres!" antwortete der Wal endlich. „Ich denke aber es wird so langsam Zeit für den ein oder anderen

Happen", fuhr der Wal genüsslich in Tins Kopf fort. „Ich werd gleich mal einen Zwischenstopp einlegen."

„Zwischenstopp wohin?" dachte Tin bei sich.

„Na bis wir an unserem Ziel angekommen sind, Hüter des Meeres", antwortete der Wal in Tins Kopf auf die unausgesprochene Frage.

„Hey!!" rief Tin in den Rachen des Wals hinein. „Es ist das Eine, wenn du mit mir in Gedanken sprichst. Wie auch immer du oder wir das machen. Aber hör auf meine eigenen, privaten Gedanken zu lesen! Wie machst du das überhaupt? Und wie mache ich das überhaupt?!?"

„Harharhar!" lachte der Wal wieder. „Alles zu seiner Zeit, Hüter des Meeres, alles zu seiner Zeit!"

Der Wal machte einen Schlenker nach links, Tin schleuderte einen Schlenker nach rechts.

„Wo bringst du mich hin?" fragte Tin fordernd in Gedanken und rappelte sich mühsam wieder auf. „Warum nennst du mich Hüter des Meeres? Und wie heißt du überhaupt?"

„Geduld ist nicht die Tugend der Jugend", antwortete der Wal und gluckste zufrieden in Gedanken über sein eigenes Wortspiel. Das Gedankenglucksen äußerste sich darin, dass die Zunge des Wals vor Spaß vibrierte und Tin wie ein Tischtennisball auf einem Schlagzeug auf und ab hüpfen ließ.

„Erstens wirst du schon sehen, zweitens werde ich dir das noch nicht sagen und drittens nennt man mich George, den leuchtenden Wal", sagte der Wal schließlich und räumte sich wieder eine künstlerische Pause ein.

Aber so leicht ließ sich Tin nicht abschütteln.

„Ich muss meinen Vater finden! Und das jetzt! Ein

Krake hat ihn in die Tiefe gezogen, wer weiß wohin und jetzt sitze ich hier in deinem Maul, im Maul eines Wals, und habe keine Ahnung, ob wir meinem Vater näherkommen, oder uns immer weiter von ihm entfernen!"

„Ruhig Blut, kleiner Hüter. Ich weiß von deinem Vater", antwortete George ruhig. „Glaube mir, du, wir werden ihn finden. Ich werde dir dabei helfen. Ich helfe dir schon jetzt. Du musst lernen zu vertrauen."

Tin runzelte die Stirn. „Wie kannst du von meinem Vater wissen, Wal?"

Der Wal schüttelte sich. „Wal?" fragte er mit seiner Stimme in Tins Kopf.

„Gut, wie kannst du von meinem Vater wissen, George?" korrigierte sich Tin.

„Ich kenne ihn. Und er kennt mich. Ich sah den Kraken, konnte ihn jedoch nicht aufhalten, leider…"

Der Wal seufzte.

„Ich weiß nicht, wohin der Krake deinen Vater gebracht hat. Wenn ich es wüsste, wäre das unser Weg. Doch ich bringe dich zu jemandem, der dir Antworten geben kann."

„Wer ist dieser jemand?" fragte Tin.

„Gedulde dich, kleiner Hüter", antwortete George, der Wal. „Alles zu seiner Zeit, alles zu seiner Zeit…"

Tin versuchte noch mehrmals, den Wal, George, in ein Gespräch zu verwickeln, aber vergebens. Wenigstens schien der Wal nun einer festgelegten Route zu folgen und keine plötzlichen Kursänderungen mehr zu vollziehen.

Also machte es sich Tin auf der Zunge des Wals bequem, soweit das ging. Wiederholt stellte er überrascht fest, dass er keine Angst hatte. Obwohl er im

Maul eines Wals festsaß, der ihn durch die Tiefen des Meeres zu einem unbekannten Ort trug, hatte er tatsächlich nicht den Hauch einer angehenden Panik.

Er fühlte sich sogar ganz wohl. Der Wal namens George war ihm auf seltsame Weise vertraut. Nicht etwa auf die Art, wie man einen alten Freund kannte, sondern eher so, als ob er schon immer da gewesen wäre. Wie sein Vater, der von Anbeginn der Zeit an seiner Seite gewesen war. Der einfach zu ihm gehörte. Der Wal war schon jetzt und schon immer ein Teil von ihm, erkannte Tin. Ein Teil…

Tin dachte an seinen Vater. Er musste ihn retten, er musste den Kraken finden und seinen Vater aus dessen Klauen, naja, eher aus den Tentakeln, befreien!

Nur wie? Tin wusste keine Antwort. Vielleicht würde ihm der Wal helfen, wohin auch immer er ihn brachte… Das Bild seines Vaters vor Augen, schob Tin ein paar tote Meerestiere beiseite, streckte sich auf der Zunge des Wals aus und fiel in einen traumlosen Schlaf.

Die Sinahia

Plötzlich hielt der Wal an. Tin wachte auf und war sofort hellwach.

„Wir sind da, Hüter des Meeres."

„Wo sind wir, George?" fragte Tin.

„Wo wir sein sollten", antwortete der Wal schlicht. „Bei der Sinahia. Sie wird dir deine Fragen beantworten."

George öffnete sein Maul. Von einem Moment auf den anderen war das gesamte Maul des Wals mit Wasser geflutet.

Tin war darauf nicht vorbereitet, nahm eine gesunde Portion Meerwasser und prustete.

Der Wal lachte nur.

„Danke", bedankte sich Tin.

„Gern geschehen", sagte George und wackelte mit den Flossen.

Tin nahm seinen Speer und schnallte ihn sich mit einem selbstgebauten Gurt aus Seetang, das er im Maul des Wals gefunden und fest zusammengebunden hatte, auf den Rücken. Dann schwamm er aus Georges Maul heraus und fand sich vor einem Riff inmitten des

Meeres wieder.

Sein Vater hatte ihn zwar nie auch nur in die Nähe des Mccrcs gelassen, aber gelehrt hatte er Tin so ziemlich alles, was man über das Meer wissen konnte. Ein Riff, das wusste Tin, konnte aus Felsgestein bestehen, aber auch aus einer Ansammlung von wirbellosen Tieren, zum Beispiel Korallen, die mit ihrem Kalkskelett zusammenwachsen und so ein Riff aufbauen können.

Dieses Riff schien war anders. Es bestand nicht aus festem Fels oder einer Ansammlung von Korallen, sondern war eher eine Art lebender Organismus, der aus unzähligen wuselnden Lebewesen zusammengesetzt war.

Es gab zwar ein großes, massives Etwas, das sich vor Tin im Meer aufbaute, aber es hatte keine feste Konsistenz, keinen Ort, an dem es verankert war.

Stattdessen waberte und pulsierte das Riff. Scheinbar feste Formationen wechselten die Gestalt, verbanden sich neu und drängten sich in dem einen Moment in den Vordergrund, nur um im nächsten Moment einer anderen bunten Mischung aus Organismen Platz zu machen. Es war wie ein pulsierendes Lebewesen aus Lebewesen, das sich versuchte als Riff zu tarnen.

Tin drehte sich zu dem Wal um.

„Was ist das da vor mir?" fragte er.

„Das, Hüter des Meeres, ist die Sinahia, allwissende Mutter der Meere. Sie ist da, wo sie gebraucht wird. Stelle deine Fragen, Hüter, und du wirst Antworten erhalten. Antworten in einer Form, die ich dir nicht hätte geben können. Antworten, die nur für dich einen Sinn ergeben. Doch stelle deine Fragen weise, denn es werden nur wenige sein, die dir gestattet werden."

Tin nickte und drehte sich wieder zu der wabernden Masse um, die gleichzeitig so massiv wirkte, wie der berühmte Fels in der Brandung.

„Ähm, tja, äh… Sinahia?" fing Tin an und flüsterte die Worte mehr, als das er sie sagte.

Das lebendige Riff pulsierte einmal zur Antwort.

Tin nahm das als Aufforderung wahr.

„Sinahia, wo finde ich meinen Vater?" fragte Tin nun mit festerer Stimme.

Das Riff schimmerte.

„In dir, kleiner Hüter der Meere, in dir", schien es aus tausend Kehlen gleichzeitig zu klingen.

„Was soll das bedeuten, in mir?" fragte Tin irritiert. „Wo wird er versteckt gehalten? Wo ist mein Vater?!?"

Das Riff schien sich zu schütteln. Abertausende kleine Korallen und andere Lebewesen formten einen einzigen, eindeutigen Impuls.

„Nutze dein Erbe, kleiner Hüter, deinen Ursprung."

„Was meinst du damit!?" presste Tin seinen Frust heraus. „Ich muss wissen, wo mein Vater ist und wie ich ihn befreien kann! In mir… Was meinst du damit?"

Die Sinahia zuckte. Dann, plötzlich, wuchs sie an, wurde größer und schoss einer Kugel gleich auf Tin zu. Wenige Zentimeter vor ihm kam sie zum Stehen.

Direkt vor Tins Gesicht baute sich nun eine gigantische Wand aus Korallen, Steinen und Lebewesen auf. Tin hätte nur die Arme ausstrecken müssen, um die Sinahia zu berühren, aber er traute sich nicht. Unsicher huschte sein Blick von Stein zu Stein, von Koralle zu Koralle, von Lebewesen zu Lebewesen.

Inmitten der wabernden, sich ständig verändernden Masse erblickte Tin plötzlich einen Clownsfisch. Verblüfft starrte Tin ihn an. Der Clownsfisch starrte zurück. Kurz, aber eindeutig, schien der Fisch eine nicht vorhandene Augenbraue hochzuziehen und den Jungen anzugrinsen.

„Was?" schien er sagen zu wollen. „Hast du gedacht, so was wie die Sinahia schreckt mich ab?! Es ist doch ein Riesenspaß!"

Und dann war der Fisch auch schon wieder verschwunden. Als wäre er nur eine Fata Morgana gewesen, inmitten einer Masse aus Gestein und lebendem Organismus.

Tin schwitzte, wenn das im Meer überhaupt möglich war. Es fühlte sich zumindest so an.

Endlich fing die Sinahia wieder zu sprechen an.

„Du, Tin, bist ein Hüter der Meere. Du bist DER Hüter der Meere. Hüter haben eine Bestimmung, eine einzige Aufgabe. Sie beschützen das Meer und seine Bewohner. Dir, kleiner Hüter, ist aber noch mehr auferlegt. Mehr als alle anderen Hüter zuvor. Findest du deine Bestimmung, erfüllst du deine Aufgabe, wirst du auch deinen Vater retten. Scheiterst du jedoch, wird er sterben und mit ihm wir alle."

Tin war wie vor den Kopf gestoßen. Sein Vater könnte sterben?! Er hatte sich schlimme Dinge ausgemalt. Dass sein Vater bis in den dunkelsten Winkel des Meeres verschleppt worden war, gefesselt und gefangen gehalten wurde, grausam gefoltert, aber dass er sterben könnte? Sein Vater? Tin hatte seinen Vater immer für unsterblich gehalten, hatte gedacht, dass sein Vater für immer an seiner Seite sein würde. Dass sein Vater sterben könnte, war für Tin bis jetzt einfach undenkbar gewesen!

„Mein Vater darf nicht sterben!" sagte Tin leise, mehr zu sich selbst. „Er wird nicht sterben, das lasse ich nicht zu! Er ist doch mein Papa… Ich muss das verhindern!"

Tin hob den Kopf und versuchte, die gewaltige Gesteinsmasse in Gänze anzusprechen.

„Wie finde ich meine Aufgabe, Sinahia?"

Das lebende Riff schwankte hin und her. Dann sagte es:

„Sie ist in dir, kleiner Hüter. Sie wartet auf dich seit deiner Geburt... Erst musst du vergessen, um deiner Bestimmung folgen zu können. Doch sei gewarnt, lass dich auf deinem Weg nicht blenden! Und am Ende höre auf dein Herz, es wird nicht nur dir den Weg weisen. Gedanken können erraten werden, wahre Gefühle jedoch fühlen nur zwei."

Nachdem die letzten Worte der Sinahia verklungen waren, zog sie sich zusammen. Tin fand kein anderes Wort, um diesen Vorgang zu beschreiben. Es war beeindruckend, mit welcher Eleganz und Schönheit sich farbige Korallen und Gesteinsbrocken zu einem großen Klumpen formen konnten. Als hätte tatsächlich jedes kleinste Teilchen seinen Platz und eindeutigen Weg, wie es diesen erreichen sollte. Und dann, mit einer einzigen Woge des Meeres, verschwand die Sinahia. Wie ein geflügelter, gigantischer Tanker, der bei Schildkröten das Schwimmen gelernt hatte.

Tin blickte der Sinahia hinterher. Kurz bevor sie gänzlich verschwunden war, meinte Tin ein Blitzen gesehen zu haben, wie eine Art Augenzwinkern zum Abschied. Irgendetwas sagte ihm, dass der Clownsfisch dabei seine Finger im Spiel gehabt hatte.

Tin drehte sich um und blickte in das Gesicht des Wals. Er wusste nicht, was er sagen oder denken sollte. Er wusste nicht, was er tun sollte, um seine Bestimmung zu finden. Er wusste gar nichts mehr.

„Was wirst du jetzt tun, kleiner Hüter?" fragte George schließlich in die Stille hinein.

„Ich weiß es nicht", antwortete Tin wahrheitsgemäß. „Ich weiß nicht, was ich denken soll. Ich fühle mich hilflos. Die Worte der Sinahia ergeben für mich keinen Sinn…"

Der Wal schüttelte den Kopf.

„So läuft das nicht, kleiner Hüter", sagte er. „Gedanken sind gut, aber das war es nicht, was die Sinahia meinte. Sie sprach von deinem Herzen, von dir und deinem Innersten."

Tin fühlte in sich hinein. Doch da war nur Leere.

„Wie soll ich etwas finden, was in mir ist, aber wovon ich bis gerade nichts wusste? Wie soll ich etwas verstehen, was ich nicht kenne?"

Der Wal lachte. „Oh, du kennst es, da bin ich ganz sicher. Manchmal sind wir nur noch nicht bereit, es zu suchen und noch weniger bereit, es zu finden. Lass es dich finden, hör auf zu denken. Lass dich treiben, kleiner Hüter."

Tin dachte über die Worte des Wals nach.

„Gut, dann lass uns treiben", sagte er schließlich.

George nickte.

„Steig auf, kleiner Hüter. Ich denke wir sind so weit. Unsere Verbindung ist nun stark genug – und du hast Vertrauen, das spüre ich. Steig auf meinen Rücken und lass uns sehen, wohin uns die Ströme führen."

George neigte seinen Kopf. Tin schwang sich mit einem schwungvollen Armzug auf den Rücken des Wals. Er stellte sich hin und spürte, wie sich seine Füße mit Georges Rücken untrennbar verbanden. Dann breitete Tin die Arme aus und gemeinsam schwammen sie der Unendlichkeit entgegen.

Das Ende der Unendlichkeit

Sie schwammen durch die Schwärze von Raum und Zeit. Vorbei an Fischschwärmen, Felsen, durch Schluchten und über ewigen Sand.

Mal hielten sie an, um sich von Fisch und Algen zu ernähren, mal ließen sie sich einfach nur von den Strömungen treiben, die die Meere durchzogen wie die Winde die Länder dieser Erde. Ohne Ziel schwammen sie mal nach links, mal nach rechts oder kehrten ohne erdenklichen Grund wieder um, nur um den gleichen Weg noch einmal zu verfolgen. Tin verlor das Gefühl für Raum und Zeit. Einzig getrieben von der Sehnsucht nach seinem Vater und dem Wunsch, ihn zu retten, ließ er sein Gefühl entscheiden, welchen Weg sie einschlagen sollten.

So kamen sie schließlich bis zu einer riesigen Felswand, die sich schier endlos in die Weiten des Meeres erstreckte.

„Was sollen wir nun tun, kleiner Hüter?" fragte George. Tin hörte die Verwunderung in der Stimme des Wals. „Dies ist die Wand des Vergessens", sagte George beinahe leise. „Zumindest glaube ich das. Sie existiert nur in Legenden und kein Lebewesen, das jemals die

Meere durchschwamm, hat sie bislang zu Gesicht bekommen. Sie sollte eigentlich gar nicht existieren."

„Aber dennoch sind wir hier", sagte Tin. „Was sagen die Legenden über die Wand des Vergessens?"

George überlegte eine Weile.

„Nun", sagte er schließlich, „die Wand des Vergessens lässt einen vergessen, was war und erkennen, was sein wird. Man muss über die Wand des Vergessens schwimmen, um die Zukunft zu finden, weiß aber nicht, was man zurücklässt. Es kann sein, dass man gute und schlechte Erfahrungen hinter sich lässt. Dinge, die du selbst gar nicht mehr wusstest. Es kann aber auch sein, dass wir vergessen, wer wir sind. Niemand weiß, was hinter ihr liegt. Niemand weiß, was man zurücklässt oder was man findet. Und niemand weiß, wo sie endet. Wir können versuchen hinüberzuschwimmen, ohne zu wissen, was uns auf der anderen Seite erwartet. Vielleicht verlieren wir uns in der Unendlichkeit, vielleicht erreichen wir das Ende des Ozeans. Vielleicht finden wir unsere Zukunft. Oder wir folgen der Wand, in welche Richtung auch immer, in der Hoffnung, dass es ein Ende gibt. Es ist nicht sicher, kleiner Hüter. Wir sollten umkehren, wenn du mich fragst."

Tin blickte erst in die linke und dann in die rechte Unendlichkeit. Dann drehte er sich um und blickte in die Richtung, aus der sie gekommen waren. Was hatte die Sinahia noch mal gesagt?

„Erst musst du vergessen, um deiner Bestimmung folgen zu können", wiederholte Tin die Worte.

„Wir werden nicht umkehren, George", sagte er

bestimmt. „Es wird einen Grund geben, warum wir die Wand des Vergessens gefunden haben."

Tin dachte an seinen Vater.

„Was machen die Hüter der Meere eigentlich?" fragte er George.

„Was die Sinahia sagte. Die Hüter des Meeres beschützen das Meer und seine Bewohner", antwortete der Wal.

„Beschützen wovor?"

„Vor dem Bösen."

„Was ist das Böse?"

„Das ist nicht einfach zu beantworten", sagte George nach einer kurzen Pause. „Das Böse hat viele Gesichter, die sich leider meist erst zu spät zu erkennen geben."

„Woher wissen die Hüter dann, was sie tun sollen?" fragte Tin.

„Sie wissen es einfach. Dafür wurden die Hüter geboren."

„Ich aber weiß es nicht", sagte Tin leise. „Ich war noch nie ein Hüter."

Der Wal schüttelte den Kopf. „Du denkst zu viel, kleiner Hüter. Du warst und bist schon immer ein Hüter gewesen. Wie auch dein Vater einer ist."

Tin lachte laut auf. „Wenn es so einfach wäre, dann wüsste ich jetzt, welchen Weg wir einschlagen sollten. Aber ich fürchte ich bin noch kein Hüter."

„Vielleicht solltest du einmal aufhören, nach dem Weg zu suchen", entgegnete George. „Du bist ein Hüter. Die Sinahia sagte, dass du deinem Herz, deiner Bestimmung folgen sollst. Du sollst vergessen, um deiner Bestimmung zu folgen. Ein Hüter sucht nicht nach einem Weg, der Weg ist schon längst da."

Tin dachte über die Worte des Wals nach und sah

wieder zur Wand, die sich in die Weiten des Meeres erstreckte. Sie war nicht sonderlich hoch, bemerkte Tin.

„Ich weiß nicht, was meine Aufgabe ist. Ich weiß nicht, wo mein Vater ist. Was man nicht weiß, kann man auch nicht vergessen, richtig? Was auch immer ich vergessen werde, wenn wir diese Wand überwinden, wird nicht das sein, wonach ich suche. Und nichts kann wichtiger sein, als meinen Vater zu finden! Wir werden über die Wand des Vergessens schwimmen, George. Ich habe nichts, was wichtiger ist als meine Zukunft! Meine Zukunft mit meinem Dad!"

George nickte. „Dann soll es so sein", sagte er in Gedanken. „Halte dich fest."

Tin streckte die Arme aus; George machte einen Satz nach vorne und das Nächste, woran sich Tin erinnern konnte, war, dass sie auf dem Boden des Meeres aufschlugen.

George schüttelte sich. Tin, der immer noch auf dem Rücken des Wals stand, wurde mit durchgeschüttelt.

„Haben wir sie schon hinter uns gelassen?" fragte Tin den Wal.

„Njaaa…", dröhnte George, „…ich denke schon."

Sie drehten sich um. Die Wand war verschwunden.

„Nun, immerhin ist sie nicht mehr da", sagte George. „Was weißt du noch, oder was weißt du nicht mehr?"

Tin runzelte die Stirn.

„Gut, die letzte Frage war überflüssig", sagte George knapp. „Keine Kommentare bitte."

Tin überlegte. Egal, ob die Wand jemals existiert hatte oder nicht, und welche Wand es überhaupt gewesen war, er musste an seinen Vater denken. Er erinnerte sich an das lebendige Riff, an die Sinahia.

„Das Meer und die Bewohner beschützen …"

murmelte er. „Meine Bestimmung, mein Ursprung…"

Tin schlug sich mit der Hand vor die Stirn.

„Aber natürlich, das ist es!"

„Was ist was?" fragte George irritiert.

„Ich soll meiner Bestimmung folgen, meinen Ursprung nutzen! Das hat die Sinahia gesagt! Meiner Bestimmung, die auf mich wartet seit meiner Geburt. Ich bin ein Hüter, richtig?"

„Richtig", sagte der Wal und war froh, dass er das noch wusste.

„Und ein Hüter wurde dafür geboren, für diese eine Aufgabe", sagte Tin aufgeregt. „Die Aufgabe wartet immer noch auf mich, an dem Ort meiner Geburt! Ich fühle es, ich weiß, dass sie dort auf mich wartet! Sie ruft mich! Zeige mir, wo ich herkomme, George. Zeige mir, wo ich geboren wurde!"

Der Wal schüttelte sich kurz.

„Hüter, Tin, so heißt du doch, nicht wahr?"

Tin guckte George irritiert an. Der Kopf eines Wals war seltsam, wenn man ihn von oben betrachtete, befand Tin. Lang, oval, größer als alles, was man sonst von oben betrachten konnte.

„War nur ein Scherz", sagte George lachend. „Also, natürlich weiß ich, wo du geboren wurdest. Aber ich weiß nicht, ob das eine gute Idee ist. Die Stätte, an der du geboren wurdest, die, ähm… nun ja… die solltest du nicht sehen. Zumindest nicht so…"

Tin runzelte die Stirn. Was hatte das nun wieder zu bedeuten?

„Wie meinst du das?" fragte er vorsichtig.

„Nun", antwortete George nach einigem Zögern, „es ist kein Anblick, der dich erfreuen wird. Niemand sollte so etwas zu Gesicht bekommen…"

„George, sag es mir! Was sollte ich nicht sehen?" fragte Tin nun fordernder.

„An dem Tag, als deine Mutter starb, hast nicht nur du einen wertvollen Menschen in deinem Leben verloren. Partamis, der Ort, an dem du geboren wurdest, ist die Geburtsstätte aller Hüter. Dort werdet ihr geboren, ausgebildet und von dort beschützt ihr das Meer und seine Bewohner. So war es jedenfalls bisher. Ich fürchte jedoch, dass seit jenem schicksalshaften Tag nichts mehr so sein wird, wie es einmal war…"

Der Wal machte eine kurze Pause, seufzte und saugte dabei etliche Kubikmeter Meereswasser ein. Eine kleine Schildkröte, die gerade vor dem Maul des Wals vorbeischwimmen wollte, nutzte die Gelegenheit und machte schnell einige, recht komplizierte Purzelbäume, um anschließend mit stolzem Grinsen ins Nichts zu entgleiten.

Ohne diese ansehnliche Einlage entsprechend zu würdigen, wie sollte ein Wal auch Applaus spenden, fuhr George fort.

„Partamis wurde angegriffen. Es war dein eigener Onkel, der durch den Drang nach Macht den Verstand verloren hatte und mit seinem Heer aus Triffits das Zentrum der Hüter dem Erdboden gleichmachte. Viele Partamer verloren an diesem Tag ihr Leben. Der Rest ist in alle Meeresrichtungen verstreut worden. Partamis ist nun ein toter Ort, voller dunkler Energie und verlorener Seelen."

Die Worte schmerzten Tin. Auch wenn er seinen eigenen Geburtsort und dessen Mitbewohner nicht kannte, tat es ihm dennoch weh zu hören, wie viele Menschen bei dem Angriff gelitten und ihr Leben gelassen hatten.

„Es war mein eigener Onkel, sagst du?"

„Ja, Zerkas, der Bruder deines Vaters."

Tin fasst einen Entschluss.

„Führe mich hin, George. Auch wenn mein Herz zerspringen wird, ich spüre, dass ich dort Antworten finden werde. Antworten, die mich meinem Vater näherbringen!"

Der Wal nickte kurz. „Wenn es dein Wunsch ist, werde ich dich hinführen. Hab einen guten Stand, kleiner Hüter. Partamis ist einige Seemeilen entfernt und wir dürfen keine Zeit mehr verlieren."

Doch Tin musste sich nicht konzentrieren, um bei der Geschwindigkeit des Wals nicht von dessen Rücken gefegt zu werden. Er stand so sicher auf George, als wären sie eins. Tin breitete die Arme aus und neigte seinen Kopf nach vorn. Er würde seinen Vater finden! Die Antworten lagen direkt vor ihnen.

Die Geburtsstätte der Hüter

Der Weg zur Geburtsstätte der Hüter war länger, als Tin gehofft hatte. Auf ihrer Reise kamen ihm Zweifel, ob sein Gefühl das Richtige war. Würde er dort wirklich Antworten auf seine Fragen erhalten? Würde er danach wissen, wie er seinen Vater retten konnte?

Er teilte seine Sorgen mit George, der es aber als vollkommen normal abtat.

„Gefühle sind wertvoll, aber mit der Zeit eben tückisch", meinte er. „Selbst wahre Gefühle können einen im Laufe der Zeit in die Irre führen, wenn man nicht an sie glaubt oder wenn man sich zu lange mit ihnen beschäftigt. Gedanken machen mit Gefühlen alles, außer die Gefühle so zu lassen, wie sie nun mal sind – gedankenlos und rein."

„Man muss Gefühlen Freiraum geben, sie einfach sich selbst überlassen", hatte der Wal gesagt. „Das, was du fühlst, ist meistens das, was gut für dich ist. Es ist nur oft schwierig, sich nicht durch äußere Einflüsse auf die falsche Fährte locken zu lassen. Gibst du deinen

Gefühlen den Raum, den sie benötigen, kannst du ihnen auch vertrauen und ihnen folgen."

Tin versuchte es. Aber es war schwer. Als er sich dabei ertappte, wie er sich erneut das Gehirn zermarterte, wurde der Wal langsamer.

„Was ist los?" fragte Tin.

„Wir sind gleich da, kleiner Hüter", sagte George und sank hinab. Nach einigen Metern konnte Tin den Meeresboden unter ihnen erkennen.

Vor ihnen tat sich ein riesiges Tal auf, die mal von einer prunkvollen, strahlenden Stadt bedeckt gewesen sein musste. Zerborstene, in schwachem rot leuchtende Kristalle erhellten das Grauen, das sich nun vor ihnen zeigte. Türme, die früher weit in den Ozean hineingeragt haben mussten, waren zusammengestürzt und hatten kleinere Gebäude unter sich begraben. Überall lagen Trümmerteile und Habseligkeiten der ursprünglichen Bewohner auf dem Boden herum. Tin sah zerrissene Kleidungsstücke, kaputtes Spielzeug und zerfetzte Möbelstücke, die von den Wogen des Meeres sanft hin und hergeschaukelt wurden.

Auf einem Platz standen einsam ein Tisch und vier Stühle. Die Wände, die sie früher mal umgeben haben mussten, waren einfach verschwunden; dem Erdboden gleich gemacht, als hätte es sie nie gegeben.

Es war, als ob eine gigantische Bowlingkugel ins Meer gekracht und statt einer lebendigen Stadt einen toten Krater hinterlassen hatte.

Langsam schwammen sie durch die zerstörten Straßen. Plötzlich hielt George an. Tin wäre fast vom Rücken des Wals gepurzelt.

„Was??" fragte der Hüter laut und seine Stimme hallte in den Ruinen wider. „Hast du, hast du etwa

Harpunis oder so gesehen?"

Tin hatte immer noch gehörigen Respekt vor den kleinen Angreifern mit ihren spitzen Waffen, auch wenn sie ihn zig Seemeilen und Tage entfernt angegriffen hatten.

„Nein", ertönte Georges Grummeln in Tins Kopf. „Und sei bitte einfach mal still!"

Tin verstand. Der Wal vermied es laut zu sprechen, um nicht entdeckt zu werden.

Langsam sank George zu Boden.

„Hier ist jemand…" hörte Tin die Stimme des Wals in seinem Kopf. Selbst in der Gedankenübertragung schien der Wal nun flüstern zu wollen.

„Ich spüre die Gegenwart eines mächtigen Kriegers…"

Ängstlich blickte sich Tin um. Mächtig waren die Harpunis zwar auch gewesen, ihre Kraft kam eher in der Gruppe zum Tragen. Mit einem einzelnen Harpuni würde Tin mittlerweile fertig werden. Das versuchte er sich zumindest einzureden.

Der Hüter nahm seinen Speer in die Hand und suchte die zerstörten Gassen ab, die er von seinem Standpunkt aus sehen konnte. Aber bis auf umhertreibende Trümmer konnte er nichts Verdächtiges erkennen.

Dann sah er hinter einer eingestürzten Mauer einen blauen Schimmer. Der Schimmer glich dem von Georges Maul, wenn der Wal zum Angriff überging.

„Dort", rief Tin George in Gedanken zu und übertrug ihm das Bild, das er selbst gerade sah, „kann es ein anderer Wal sein?"

„Nein", sagte George direkt. „Ich bin der letzte leuchtende Wal dieser Meere, der letzte der Schruk han kuhn. Nur die Schruk han kuhn und die Meister des

Schwertes konnten die Energie des Meeres auf diese Weise zu lenken. Alle anderen leuchtenden Wale und alle Meister des Schwertes sind in der Schlacht von Partamis gefallen. Zerkas, dein Onkel, hat sie einem nach dem anderen in die ewige Schlucht geworfen... bis keiner mehr übrig war."

Ein Schauer erfasste den Körper des Wals. Der Verlust musste George sehr mitgenommen haben, bemerkte der kleine Hüter.

„Meister des Schwertes?" fragte Tin ungläubig. „Du meinst die Schwertmeister, die legendären Schwertfische gab es wirklich?"

Gann, Tins Vater, hatte ihm von ihnen erzählt. Schwertfische, die mit ihrem Schwert so geschickt umgehen konnten, dass kein Lebewesen des Meeres sie jemals hätte besiegen können. Doch Tin hatte es immer als eine Gute-Nacht-Geschichte abgetan, die sein Vater ihm zur Unterhaltung am Lagerfeuer erzählt hatte, nichts weiter.

„Eben jene meine ich", antwortete der Wal leise. „Die Schwertmeister der Hüter der Meere. Unübertroffen im Kampf, Meister ihres Fachs, sogar noch stärker als die Schwertkämpfer der Königsgarde. Doch sie existieren nicht mehr. Zerkas hat sie in der Schlacht um Partamis mit List und schwarzer Magie überwinden können und alle vernichtet. Niemand sonst kann blaue Energie lenken. Es muss eine Falle sein! Vielleicht ist es Zerkas selbst..."

„Wenn es eine Falle ist, was sollen wir tun?!? Was, wenn es Zerkas selbst ist?!?" fragte Tin und bekam es mit der Angst zu tun.

„Hab keine Angst, kleiner Hüter! Wer auch immer es ist, ich denke, er hat uns noch nicht bemerkt. Halte dich gut fest, ich werde versuchen, unseren Gegner zu überrumpeln!"

Tin beugte sich nach vorne und legte sich flach auf den Rücken des Wals.

George schwamm langsam die Straße hinauf. Bei der nächsten Biegung machte er plötzlich eine harte Kehrwende, schwamm über die Trümmer eines Hauses hinweg und stürzte sich dann auf den Gegner.

Doch der Wal hatte nicht mit der Geschwindigkeit ihres Gegners gerechnet. Noch bevor sich George auf den Gegner stürzen konnte, wich dieser mit einer erstaunlichen Geschwindigkeit aus und glitt auf das Dach des anliegenden Hauses.

Krachend landeten George und Tin dort, wo sich eben noch der Angreifer versteckt gehalten hatte und brachten auch noch den letzten Rest der Mauer zum Einsturz. Tin fiel von Georges Rücken und machte unliebsame Bekanntschaft mit dem sandigen Meeresboden.

Benommen rappelte sich der Hüter wieder auf, griff nach seinem Speer und rechnete schon mit dem Angriff des Gegners. Doch nichts dergleichen geschah. Stattdessen schallte amüsiertes Lachen über die zerstörten Dächer der Stadt.

„Bist wohl immer noch von der stürmischen Sorte, was?!" rief der Angreifer herüber. „Kannst einen alten Kumpel nicht von der Brut Zerkas unterscheiden, was?!? Hahaha!"

Der vermeintliche Gegner schwamm vom Dach des Hauses auf die Straße und seelenruhig auf George und Tin zu.

Erst da erkannte Tin, dass es ein Schwerthai war, der nun kurz vor ihnen im Meer verharrte.

George schüttelte sich. Und dann lachte er, schlug mit dem Schwanz auf den Boden und zermalmte auch noch den Rest der eingestürzten Mauer zu Brei.

„Fushi! Ist es denn die Möglichkeit! Du warst, du bist doch, wie kann das…??" stammelte George und schwamm die letzten Meter zu dem Schwerthai hinüber.

„Es ist so gut, dich zu sehen, alter Freund, Hüter des Shin, Letzter der Schruk han kuhn", sagte der Schwerthai und berührte den Wal sanft mit seiner Schwertspitze am Maul.

Tin nickte und verstaute seinen Speer wieder im Gurt auf seinem Rücken. Er war froh, dass er den Speer wohl nicht brauchen würde.

„Die Formalitäten kannst du dir sparen", antwortete George grinsend. „Es ist niemand mehr da, der sie hören kann oder für den sie einen Wert hätten. Aber… warte… ich mag es! Es erfüllt meine Seele mit Glück und Freude, einen so alten Freund wiederzusehen, Fushi, Sohn des Shi, Meister des Hais!"

Der Wal schwamm ein paar Meter zurück, senkte sein Haupt und hob gleichzeitig seinen Schwanz.

Versuchte der Wal gerade tatsächlich einen Knicks vor dem Schwerthai zu machen? Tin musste lachen. Das sah schon bei Menschen komisch aus, aber bei einem über zehn Meter langen Wal war es eine Augenweide.

Auch Fushi, der Schwerthai, musste lachen.

„Wie ich sehe, hat dich deine gute Erziehung selbst in Zeiten der größten Not nicht verlassen, George alter Junge! Ich habe von einem Wal noch nie einen schöneren Knicks gesehen, vielen Dank dafür!"

Fushi verbeugte sich nun seinerseits, bis seine Schwertspitze den Meeresgrund berührte.

„Doch erzähl, wer ist dein Begleiter? Ich spüre die Energie des Meeres in ihm. Viel Energie. Obwohl er nie meine Schule besucht hat. Ich erinnere mich auch nicht daran, dass er der Schüler eines anderen Schwertmeisters war…"

George nickte und blickte zu Tin. Der Hüter verstand und schritt nach vorn, bis er seine Position neben dem Wal eingenommen hatte.

„Ich bin Tin, Sohn des Gann, Sohn der Nii."

Der Schwerthai wich erschrocken zurück.

„Das ist- das ist un- das ist unmöglich!!" stammelte Fushi. „Das-"

„Ich weiß", sagte George ruhig. „Ich hatte es auch erst nicht für möglich gehalten, aber er ist es. Die Seele, sie ist unverkennbar."

Fushi nickte und richtete seinen Blick auf Tin. Der junge Hüter hatte plötzlich das Gefühl, dass es nichts gab, was er dem Schwerthai verheimlichen konnte. Das alles, was er jemals erlebt hatte, blank seinem Gegenüber offenbart wurde. Nach wenigen Augenblicken nickte Fushi.

„Du hast Recht, er ist es", sagte er. „Dann besteht noch Hoffnung, kleiner Wal. Dann besteht noch Hoffnung…"

Meister des Schwertes

Der Schwerthai blickte wieder zu George.

„Wo ist sein Vater? Hat Zerkas etwa…"

„Nein", sagte George schnell. „Noch nicht. Der Krake hat ihn zwar geholt und wohl zu Zerkas gebracht, aber ich spüre noch immer seine Aura. Gann ist noch am Leben."

Tin war erleichtert. Und sauer zugleich. Wenn George doch wusste, dass sein Vater noch am Leben war, warum hatte er es ihm verheimlicht?

„Wieso hast du mir nicht gesagt, dass mein Vater noch lebt?" fragte er daher sofort den Wal.

„Es hätte dich vom Weg abgebracht, kleiner Hüter", sagte der Wal. „Du hättest wie wild nach deinem Vater gesucht, ohne Ziel und ohne Richtung. Du musst deinen eigenen Weg gehen. Deinen Vater kannst du nur finden, indem du deinem Herzen folgst, nicht deinen Ängsten."

„George hat Recht, kleiner Hüter", sagte der Schwerthai langsam. „Dein Vater lebt. Auch ich spüre noch seine Aura. Und dennoch hätte dir diese

Erkenntnis nicht weitergeholfen, im Gegenteil."

Tin war verwirrt. Er wollte wissen, wo sein Vater ist, wenn er noch lebt! Er wollte zu ihm, jetzt! Stattdessen verlor er in dieser alten, zerstörten Stadt wertvolle Zeit mit… ja, mit wem eigentlich?

„Wer bist du eigentlich?" fragte Tin den Schwerthai.

„Ich bin Fushi, Altmeister des Schwertes, Lehrmeister der Hüter der Meere", sagte der Schwerthai mit sanfter Stimme und schnitt dabei spielerisch mit seinem Schwert durch die Fluten.

„Ich kenne dich seit deiner Geburt, kleiner, begabter Tin. Ich kenne dich, deinen Vater, kannte deine Mutter… und auch deine Großeltern haben bei mir die Kunst des Kampfes erlernt. Techniken, die ich auch dich lehren werde, kleiner Hüter."

George grinste Tin an.

„Oh, das wird dir gefallen", sagte der Wal voll Vorfreude.

Fushi lachte.

„Aber nun erzählt mir", forderte der Schwerthai den Wal auf, „wieso seid ihr zu der Wiege der Hüter zurückgekehrt?"

George berichtete dem Schwertmeister von ihrem Weg. Von dem Kraken, wie er Tins Vater entführt hatte, vom Angriff der Scharfzacken, von den Harpunis und der Sinahia, von der Wand des Vergessens und wie sie schließlich nach Partamis gelangt waren.

Der Schwertmeister nickte.

„Ihr habt viele Abenteuer erlebt, meine Freunde. Aber sage mir, George, letzter der Schruk han khun, hast du dem jungen Hüter von den vergangenen Ereignissen erzählt? Ich meine… von allen?"

Der Wal schüttelte sein mächtiges Haupt.

„Gut, vielleicht wäre es sowieso zu früh gewesen. Wer weiß schon, was richtig und was falsch ist. Nichtsdestotrotz musst du es nun erfahren, junger Hüter. Du musst wissen, wie es dazu kam, zu deinem Leben und zum Tod deiner Mutter, der wunderschönen Nii, die noch so viele Jahre vor sich gehabt hatte. Das Wissen um deine Vergangenheit wird dir helfen, deine Zukunft zu finden. Und wenn es das Meer will, wird es dich auch zu deinem Vater führen. Aber zuvor folgt mir, meine Freunde, folgt mir ins Versteck der Sinnpinns."

Das Versteck der Sinnpinns

George und Tin folgten dem Schwertmeister durch die zerstörten Straßen von Partamis. Nach unzähligen Biegungen fanden sie sich vor einer Felswand wieder, die weit ins Meer ragte.

„Wo ist das Versteck, von dem ihr spracht", fragte Tin, der so langsam ungeduldig wurde.

„Direkt vor euch", grinste der Schwerthai und fegte mit seiner Schwertspitze in kreisenden Bewegungen über den rauen Felsen.

Das Felsmassiv rumpelte und pumpelte und gab dann einen Zugang frei, der groß genug war, dass selbst George der Wal hindurchschwimmen konnte.

Nachdem sie durch den Eingang geschwommen waren, schloss sich dieser wieder und der Fels schien genauso undurchdringbar wie zuvor.

Sie folgten einem steinigen Gang, der sich schließlich weitete und den Blick auf einen riesigen Hohlraum frei gab: Das Versteck der Sinnpinns.

Tin traute seinen Augen kaum. Vor ihnen tat sich eine Höhle auf, die alle Dimensionen sprengte, von denen er je gehört hatte. Tin schätzte ihre Länge auf mehr als fünfhundert Fuß in der Länge und mindestens ebenso viel in der Breite. Die Decke war so hoch, dass zwei große Segelschiffe übereinander Platz gefunden hätten und die Wände waren über und über von leuchtenden Kristalladern durchzogen, so dass die Höhle in den faszinierendsten Farben schimmerte.

Das Beeindruckendste waren allerdings nicht die Dimensionen der Höhle, sondern ihre Bewohner. Tin wusste nicht, in welche Richtung er gucken sollte, da es von ungewöhnlichen Fischen und Meeresbewohnern nur so wimmelte.

Da waren Hammerhaie mit Schärpen unterschiedlichster Farben, bunte Kaiserfische, die stolz ihre Farben präsentierten, Kugelfische, die sich wieder und wieder um sich selbst drehten und „Platz da, rollt zur Seite, rollt zur Seite!" riefen, Schwertfische wie Fushi einer war, Clownsfische, die ihrem Name alle Ehre machten und Hüte und Umhänge trugen, als würden sie gleich in den Zirkus wollen.

Tin sah riesige Rochen, auf deren Flossen verschnörkelte, leuchtende Symbole gezeichnet waren, die das Meer erhellten, Schildkröten, die winzige Häuser auf ihren Panzern trugen, in denen noch viel winzigere Fische wild durcheinanderpurzelten, Fische mit Rüstungen und Fische mit Gewändern, die eher zu einer Party gepasst hätten als in eine geheime Höhle tief unten im Meer.

Alle Fische schwammen in regem Treiben durcheinander, verweilten manchmal kurz, um ein kleines Pläuschchen zu halten, und schwammen dann weiter. Einige verschwanden in Löchern, die in den Felswänden der Höhle geschlagen worden waren, andere kamen daraus hervor. Es war ein Kommen und

Gehen.

Und mitten unter den vielen, seltsamen Fischen sah Tin Menschen, die sich, ähnlich wie er selbst, verwandelt zu haben schienen und Kiemen und Schwimmhäute besaßen. Als einer nah an Tin vorbeischwamm, machte der junge Hüter George auf ihn aufmerksam.

„Die sind wie ich!" rief er in Gedanken zu George hinüber.

„Ich weiß, kleiner Hüter", antwortete George ruhig. „Sie sehen allerdings nur so aus wie du. Es sind Meermenschen. Sie gleichen deiner Art, haben aber nur sehr begrenzten Zugang zur Magie."

Tin nickte.

„Aber woher kommen wir, die Hüter meine ich."

„Deine Fragen werden alle beantwortet, kleiner Tin. Aber nicht heute. Du musst dich noch ein wenig in Geduld üben."

Tin rollte mit den Augen. Er mochte diese Antwort nicht. Alles zu seiner Zeit, hatte auch sein Vater immer gesagt. Tin überlegte kurz, ob er noch weiter nachhaken sollte, aber es machte meist keinen Sinn, jemanden zu etwas zu drängen, dass er selbst nicht will. Also beließ er es dabei und folgte George stumm.

Als sie die Höhle durchquerten, nickte der Schwerthai vereinzelt Meeresbewohnern zu. Sobald diese Fushi bemerkt hatten, machten sie eine leichte Verbeugung und zogen sich daraufhin zurück. Rasch bildete sich so eine Gasse, durch die die drei Gefährten auf das andere Ende der Höhle zu schwammen.

„Wer sind all diese Meeresbewohner?" fragte Tin den Wal in Gedanken.

„Es sind die, die übrig geblieben sind", antwortete

George. „Sie nennen sich selber Sinnpinns. In deiner Sprache heißt das so viel wie „Kämpfer des Untergrunds"."

Tin erkannte, dass sie auf eine Art Bühne zu steuerten, der sich an der anderen Seite der Höhle befand.

Als sie die Bühne erreicht hatten, platzierte sich Fushi in der Mitte, drehte sich um und erhob das Wort.

„Freunde", begann er und blickte freudig in die Runde.

Tin stellte erstaunt fest, dass sich alle Fische und Meeresbewohner, die sich in der Höhle befanden, bereits zu ihnen umgedreht hatten, scheinbar noch bevor Fushi zu reden begonnen hatte.

„Ob er ihr Anführer ist", dachte Tin vor sich hin.

„Nein", vernahm er Georges Stimme lachend in seinem Kopf. Der Wal hatte mal wieder seine Gedanken gelesen.

„Sie haben keinen Anführer. Noch nicht…"

„Meine lieben Freunde, liebe Sinnpinns", sprach Fushi noch einmal in die Runde. „Einige von euch werden es schon gespürt, andere werden es gehört haben – die Stimmen des Meeres klingen weit."

Fushi machte eine kurze Pause und deutete mit seinem Schwert zu Tin.

„Dies hier neben mir ist Tin, Sohn des Gann, Sohn der Nii. Tin ist der letzte Hüter der Meere. Gemeinsam mit George, seinem leuchtenden Wal, letzter der Schruk han kuhn, wird er Zerkas die Stirn bieten! Heute ist ein denkwürdiger Tag, meine Freunde! Lasst ihn uns feiern, wie es der Brauch ist. Vergesst das Dunkle, das uns umgibt, denn es gibt wieder Hoffnung auf das Licht des Meeres! Spielt, tanzt und lacht! Heute ist ein Tag der

Freude. Wenn all dies vorbei ist, werdet ihr euch an ihn erinnern. Es ist der Tag, an dem unsere Hoffnung im Kampf gegen den schrecklichen Zerkas zurückkehrte!"

Jubel und Begeisterungsstürme brandeten durch die Höhle und Tin und seinen Gefährten entgegen. Bevor sich der kleine Hüter versah, wurde er unter „Hoch lebe der Hüter! Hoch lebe die Hoffnung der Meere!" durch die Höhle getragen.

Am Ende des Raumes hatte bereits eine Kapelle aus verschiedenen Fischen Stellung bezogen und schon wurde der Raum von Klängen erfüllt, die die Meeresströmungen in Wallung brachten.

Das Fest ging bis tief in die Nacht hinein. Erst nach und nach verschwanden die Sinnpinns in den unzähligen Gängen, die den Felsen durchzogen und in Schlafgemächer und andere Gänge führten, die wiederum zu anderen Gängen und Schlafgemächern führten.

Nachdem der Schwertmeister Tin und George in einen Raum in der Nähe der Festhalle geführt hatte, welches zu Tins Erstaunen tatsächlich groß genug war, um selbst den Wal zu beherbergen, verabschiedet sich Fushi.

Tin legte seinen Speer ab und ließ sich erschöpft auf eins der Betten fallen. George, der einfach den Rest des Raums in Anspruch genommen hatte, schnarchte schon, bevor Tin auch nur ein Auge zu machen konnte. Es dauerte nicht lange, bis er seinem Freund in den Schlaf folgte.

Die Lehren des Schwertmeisters der Haretan

Es war schon spät, als Tin erwachte. Er wusste, dass er lange geschlafen hatte, denn sein Magen knurrte wie eine ganze Horde ausgehungerter Straßenköter.

Er lag in dem Bett, in welches er am Vorabend nach dem Fest gefallen war, und sah sich um. George war nicht mehr da.

„Wahrscheinlich ist er schon aufgestanden. Wenn man das bei einem Wal ohne Beine so nennen konnte.

„Vermutlich heißt es aufgeschwommen", dachte Tin und musste lachen.

Immer noch etwas schläfrig stand er auf. Das Zimmer maß an die dreißig Fuß in der Breite, mehr als vierzig in der Tiefe und mindestens noch einmal dreißig in der Höhe. Dennoch gab es nicht viel, womit das Zimmer gefüllt worden war. Neben dem Bett stand noch ein kleiner Tisch samt Stuhl. Das war es dann auch schon.

„Meeresbewohner machen sich wohl nicht viel aus materiellen Dingen", dachte Tin. „Oder sie haben das Zimmer geleert, damit George hineinpasst."

Auf dem Tisch hatte jemand etwas zu essen hingestellt. Tin besah sich das Mahl. Es bestand aus grünen Algen in verschiedensten Farben und Formen, die in eine Art Schwamm gesteckt worden waren. Tin probierte. Es schmeckte hervorragend.

Nachdem er den ganzen Teller aufgegessen und sich angezogen hatte, trat er vor die Tür und fand sich auf einem einsamen Gang wieder. Ihm fiel auf, was offensichtlich war: Er hatte keine Ahnung mehr, wo er sich befand oder wie er in den großen Festsaal gelangen konnte.

Das hatte allerdings auch sein Gutes. Er konnte gehen, wohin es ihm gefiel, da jede Richtung die richtige sein konnte.

Tin grinste, er mochte diese Art von unbeschwertem Leben. Es war wie in der einsamen Hütte am Meer mit seinem Vater. Keine Wege, keine Grenzen, nichts vor vorherbestimmt, alles war möglich. Und sei es nur der nächste Schritt.

Ohne nachzudenken, nahm Tin den linken Weg.

Nach ein paar Metern endete der Gang und er stand vor einem Feld, welches ringsherum von einer Mauer umgeben war und eine Art Arena bildete.

„Da bist du ja", hörte Tin eine vertraute Stimme.

Es war Fushi, der Schwertmeister, der mitten in der Arena stand und einigen jungen Fischen Kampftricks beibrachte.

„Schlafen eigentlich alle Menschen so lange? Ihr seid ja schlimmer als Schlafrobben und Schnarchkröten zusammen!"

Fushi lachte über seinen eigenen Witz.

„Komm zu uns, Tin! Komm und lerne!"

Fushi zeigte Tin im Laufe des Tages Kampftechniken, die die Hüter der Meere beherrscht hatten.

Tin lernte schnell. Bis zum Abend konnte er Techniken, die ein normaler Hüter sonst in etlichen Umläufen erlernte.

„Du bist erstaunlich", sagte Fushi, als sich der Tag zu Ende neigte. „Du kennst tief in deinem Inneren bereits die Abläufe der Kampftechniken, die andere erst hart erlernen mussten. Deine Seele ist alt, kleiner Hüter. Sie weiß, was sie tun muss."

„Was meinst du damit?" fragte Tin, der mit dem Wort Seele nicht viel anfangen konnte.

„Du weißt nicht, was eine Seele ist, nicht wahr?" fragte der Schwertmeister.

Tin schüttelte den Kopf.

„Nun, sehen wir uns dich doch einmal genauer an."

Fushi schwamm einmal um Tin herum.

„Dein Körper ist kraftvoll, wendig und schnell. Aber auch mit dem sportlichsten, kraftvollsten und beweglichsten Körper musst du üben, jeden Tag. Du musst jahrelang trainieren, um die Bewegungsabläufe und Kampfkünste der Hüter zu erlernen. Um die letzte Stufe der Kampfkunst zu erreichen, musst du die Bewegungen und Gefühle deines Gegners erahnen, sie kennen, bevor er sie kennt. Das können nur wahre Meister. Diese Vorahnung, zu wissen, was kommt, bevor es eintritt, liegt dir im Blut. Du musst es gar nicht erst trainieren, sondern nur den Schalter umlegen. Dass du es nun, nach nur einem Tag, gemeistert hast, ist daher kein Erfolg, den dein Körper in einem Tag leisten kann. Auch dein Geist kann dies nicht so schnell erlernen. Dieses zusätzliche Wissen kann nur von deiner Seele kommen. Deine Seele ist das, was dich ausmacht. Sie steuert deine Gedanken, deine Gefühle und dein Handeln. Hüter haben spezielle Seelen, musst du wissen. Sie erben die Seelen von vergangenen Hütern und tragen so bereits ein Wissen in sich, das weit über das normale Niveau anderer Meeresbewohner hinausgeht. Die Geschwindigkeit, mit der du Bewegungsabläufe erlernt hast, zeigt mir, dass du ein Erbe angetreten hast, welches sehr alt ist. Du hast eine alte Seele erhalten. Sie ist vermutlich älter als jedes andere Lebewesen in unserer Gemeinschaft."

Tin stutzte.

„Das verstehe ich nicht", sagte er. „Was heißt das? In mir ist ein alter Hüter?"

„Zumindest ein Teil von einem alten Hüter, ein Teil seiner Seele. Und sie ist sehr stark, soweit ich das einschätzen kann. Ich bin mir nicht sicher, aber in Anbetracht deiner Lerngeschwindigkeit, deiner Schicksalsschläge und deiner Aufgabe, die vor dir liegt, könnte es sein, dass du…"

Fushi brach ab.

„Was könnte sein?" hakte Tin nach. Manchmal war der Schwertmeister langsamer als ein Faultier beim Einschlafen.

„Nun ja", fuhr Fushi langsam fort. „Es könnte sein, dass du die Seele des Hakarascham in dir trägst, der einst die Hüter gründete."

Die anderen Schüler, die immer noch um sie herumstanden, keuchten vor Verwunderung.

„George spürt es ebenfalls, denke ich", sagte der Schwertmeister. „Leuchtende Wale haben einen sechsten Sinn für Seelen. Aber es ist sehr unwahrscheinlich, wir haben immerhin Jahrhunderte auf seine Seele gewartet."

„Aber Meister", rief ein kleiner Kugelfisch, der Tin schon beim Training aufgefallen war, weil er so arrogant gewesen war und ständig versucht hatte, die Ausführungen seiner Kumpanen wie ein Lehrer zu korrigieren.

„Die Seele des Hakarascham, der Hakarascham selbst, ist nur eine Legende. Es heißt, es habe ihn gar nicht gegeben. Und wenn´s ihn nicht gab, kann auch seine Seele nicht wiederkehren."

Fushi blickte den vorwitzigen Schüler streng an. Mit einer kurzen, aber harschen Bewegung schickte der Schwertmeister den Kugelfisch und die anderen Schüler in die Ruheräume. Es bedurfte keiner weiteren Worte.

„Komm, Tin. Es ist Zeit, dass du weißt, was es bedeutet ein Hüter zu sein", sagte Fushi zu Tin, nachdem die Schüler das Trainingsgelände verlassen hatten.

Der Schwertmeister schwamm voran. Tin folgte ihm durch die Gänge, vorbei an Essensräumen, Schlafsälen und Festhallen, bis sie an eine letzte, einsame Tür kamen.

Fushi sah Tin bedeutungsvoll an.

Die Tür bestand aus Stein, wie viele andere auch.

„Es gibt einen sehr einfachen Weg, um herauszufinden, ob du tatsächlich die Seele des Hakarascham in dir trägst", sagte der Schwertmeister langsam. „Sollte es so sein, wirst du Großes vollbringen können… und müssen, soviel ist sicher."

Fushi zeigte auf die Tür.

„Dies ist die Tür des Hakarascham. Seit

Jahrhunderten ist sie verschlossen. Niemand hat sie bisher öffnen können. Die Legende besagt, dass allein die Seele des Hakarascham es vermag, den Schließmechanismus zu meistern und ihre Geheimnisse zu offenbaren."

Tin keuchte.

„Und du meinst, wenn es bisher niemand von all diesen großartigen Kriegern und Hütern geschafft hat, dass ich sie nun öffnen kann? Ich, der noch nicht mal sicher ist, dass er ein Hüter ist?" fragte Tin, der nicht im Traum daran dachte, es überhaupt zu versuchen.

„Ich glaube nicht, dass du es versuchen musst", sagte Fushi. „Wenn du tatsächlich der Hakarascham bist, wirst du sie einfach öffnen können, als wäre sie Luft. Denn wenn du es bist, warst du es auch, der diese Tür verschlossen hat. Bist du es nicht, könntest du genauso gut versuchen, Berge zu versetzen."

Tin lachte. Er glaubte nicht ein Wort des Schwertmeisters. Er musste seinen Vater befreien, das war seine Aufgabe. Welcher alte Hüter sich in ihm angeblich verbergen sollte, wusste er nicht und es war ihm auch egal. An solch einen Spuk hatte er noch nie geglaubt.

Doch dann gab Fushi den Blick auf den Türknauf frei.

Tin blinzelte. Er kannte ihn, als wäre es sein linker Zeh.

Und alles änderte sich.

Intuitiv, als hätte sich der Nebel der Zeit gelichtet und Tin würde endlich klarsehen können, wusste er, dass der alte Schwertmeister Recht hatte. Er ist es und war es schon immer gewesen: Der Hakarascham, Begründer der Hüter, erster Hüter der Meere.

Tin sah wieder zur Klinke und lächelte.

„Ich verstehe es nun", sagte er ruhig.

Der Schwertmeister nickte und deutete auf die Tür.

„Dann ist die Zeit gekommen."

Die Tür, die bis vor wenigen Augenblicken noch fremd und aus Stein zu bestehen schien, leuchtete nun unter Tins Blick wie tausend Sonnen unter der See.

„Du warst lange fort, Hakarascham", sagte die Tür in Gedanken zu Tin. „Was hat dich aufgehalten?"

„Das Leben", antwortete Tin, ebenfalls in Gedanken.

„Nun, schätze die Antwort gilt nur für diejenigen unter uns, die sich bewegen können, was?!" sagte die Tür und ihr Ton wurde vorwurfsvoll. „Es gab ne Menge Wesen, die mich in der Zwischenzeit belagert haben, weißt du. Einer hat sogar versucht, mich einzutreten. Er hat mehrfach mit seinem Fuß gegen meine schöne Klinke getreten – ist das zu glauben?!?"

Tin hob entschuldigend die Arme. Fushi, der von all der Kommunikation zwischen Tin und der Tür nichts mitbekommen hatte, ging davon aus, dass Tin nun mit der Energie des Hakarascham den komplizierten Schließmechanismus der Tür öffnen würde und gab dem Hüter den Raum, den er brauchte.

„Das tut mir sehr leid!" sagte Tin ehrlich. „Ich hatte gehofft, dass sie mehr Respekt zeigen würden."

Die Tür verschränkte Arme, die sie nicht besaß.

„Nicht sehr nett von dir, mich solchen Rabauken auszusetzen", sagte sie und schmollte.

Tin versuchte bei all dem Gerede mit einer Tür ernst zu bleiben. Er wusste, dass sie ihm nie den Zutritt gewähren würde, wenn er sie nicht entsprechend würdigen würde.

„Nun, du bist immer noch verschlossen. Schätze du

hast deine Arbeit sehr gut gemacht", sagte Tin, breitete aus tiefstem Respekt die Arme aus und verbeugte sich.

Fushi wunderte sich und wich noch einen weiteren Schritt zurück. So hatte er noch nie jemanden die Energie des Meeres verwenden sehen. Er hatte wahrlich den legendären Hakarascham vor sich. Er musste den jungen Meister unbedingt im Anschluss fragen, ob er ihm diese Art von Magie lehren könne.

„Weißt du was", fuhr Tin fort, „ich werde beim nächsten Mal ein Schild aufstellen „Tür des Hakarascham – nicht eintreten"."

„Ja, das wäre gut", sagte die Tür und freute sich. „Es sollte „Oberste Tür des Hakarascham – auf gar keinen Fall eintreten" heißen!"

„Wie du willst", sagte Tin.

„Und ich möchte so ne schöne Verzierung, so eine wie es die Tür im Palast des Schnus hat, die Tür in der zweiten Etage, dritter Gang runter, erste Tür links. Die mit Muscheln an den Scharnieren."

Tin nickte.

„So soll es sein. Lässt du mich jetzt eintreten?"

Die Tür schüttelte sich. Fushi sah, wie die Tür erzitterte und staunte. Das hatte noch niemand vollbracht.

„Bitte benutze nicht dieses Wort", bat die Tür.

„Welches?"

„Treten."

„Gut. Lässt du mich nun durch dich hindurchschreiten?"

„Sehr gerne. Bitte schreite durch die „Oberste Tür des Hakarascham – auf gar keinen Fall eintreten", edler Hakarascham", sagte die Tür.

„Wollen wir es ein wenig geheimnisvoller machen?"

fügte sie noch an.

„Sehr gerne", sagte Tin und stellte sich vor die Tür.

Mit einem Lächeln auf den Lippen schloss er die Augen, breitete bedeutungsschwanger die Arme aus und sagte laut die Worte „Snu rim kan dusch".

Fushi konnte seinen Ohren kaum trauen. Das mussten die magischen Worte des Hakarascham sein... die alte Magie der Hüter...

Und dann, ganz langsam, beinahe in Zeitlupe, schwang die Tür auf und gab ihr Geheimnis preis.

Die verlorenen Kristalle der Hüter

Langsam öffnete Tin wieder seine Augen. Er stand in einer kleinen, nur wenige Fuß breiten Grotte, in deren Mitte ein Sockel aus schwarzem Granit stand.

Tin drehte sich um und nickte. Er hatte geahnt, dass Fushi ihm nicht in die magische Grotte hatte folgen können. Er war allein.

Tin schritt auf den Sockel zu. Schon bevor er die Tür durchschritten hatte, hatte er ihre Gegenwart gespürt. Er nahm einen der Kristalle auf, die auf dem Sockel verteilt lagen, und wog ihn in der Hand.

„So leicht hatte ich sie gar nicht mehr in Erinnerung", dachte er.

Tin schloss die Augen und fühlte nach der Magie des Kristalls. Nur schwach leuchtete der Kristall vor Tins geistigem Auge auf.

Nachdenklich legte er ihn wieder zu den anderen. Etwas war nicht richtig, das wusste er. Die Kristalle hätte leuchten müssen, erstrahlen vor Macht. Tin besah sich die Kristalle noch einmal genauer. Es waren Dreizehn, die als Zahl Acht angeordnet auf den Sockel gelegt worden waren.

„Nein, das ist keine Acht", erinnerte sich Tin. „Es ist das Zeichen für Unendlichkeit. Und das Zeichen der Hüter, unser Zeichen für die Verbundenheit zu unseren leuchtenden Walen."

Mit einem Mal sah Tin wie durch einen Schleier, wie er selbst, als älterer Meermann, die Kristalle vor Jahrhunderten als Hakarascham auf eben diesen Sockel gelegt hatte.

Tin erinnerte sich nicht mehr an alle Einzelheiten, aber er wusste, dass er die Kristalle damals als Hakarascham kurz vor seinem eigenen Tod in der Grotte verschlossen hatte, um die Meeresbewohner zu schützen. Die Kristalle verliehen einfach zu große Macht. Sie verbanden die Hüter und gaben ihnen die Möglichkeit, ihre Energie zwischen den Kristallen auszutauschen. Doch eben diese Macht musste mit Bedacht eingesetzt werden. Das Risiko, dass die Kristalle nach dem Tod des Hakarascham geklaut oder missbraucht werden würden, war einfach zu groß gewesen.

Wieder mit klarem Blick wusste Tin, dass es nun an der Zeit war, die Kristalle zu nutzen. Und er wusste auch, wie sie wieder aktiviert werden konnten, um ihre wahre Magie zu entfalten.

Tin nahm die Kristalle vom Sockel, verstaute sie in seinen Hosentaschen und schritt zur Tür. Dann hielt er inne und lächelte.

„Ich hätte es wissen müssen", dachte er und öffnete die Tür.

„Du hast es gespürt, nicht wahr", fragte er George, der sein breites Maul vor den Eingang geschoben hatte und nun lauthals lachte.

„Na was dachtest du denn?!? Klar weiß ich, was du

hinter dieser Tür versteckt hast! Ich bin doch dein Wal, kleiner Hüter. Wale wissen immer Bescheid!"

Fushi, der neben George schwamm, versuchte zu lächeln. Allerdings gelang ihm das nur in Grundzügen, da schwimmen und insbesondere lächeln schwierig wird, wenn man zwischen einer Felswand und einem Wal eingequetscht ist.

„Er war hier, sobald du in dem Raum verschwunden warst", presste Fushi zwischen Wal und Wand heraus.

George drehte seinen Kopf. Anscheinend suchte er nach dem Grund des Geräuschs.

„Ähm, George, könntest du…" fragte Tin und zeigte auf Fushi.

George blickte sich um. Dann sah er das Schwert Fushis neben sich aus der Wand herausgucken.

„Oh, ja, klar! Hatte mich schon gefragt, wo du geblieben bist, alter Freund!"

George schwamm den Gang ein wenig hinunter, um Fushi mehr Platz zu geben.

„Danke", sagte Fushi und warf George einen genervten Blick zu. „Also, dieser ignorante Riese hier war da, sobald du dich in Luft aufgelöst hattest, um genau zu sein."

Tin blickte Fushi verwundert an.

„Was meinst du damit?"

„Du warst von einem auf den anderen Augenblick einfach fort. Schätze das hat etwas mit der Magie zu tun, die du gewoben hast, um die Tür zu öffnen. Wo wir gerade dabei sind, vielleicht könntest du mir beizeiten mal genauer erklären, wie du das angestellt hast?"

George schüttelte seinen enormen Kopf.

„Ach, das ist doch total langweiliger Vergangenheitskram", grummelte der Wal. „Zeig mir lieber die Kristalle, die du da in deinen Taschen hast."

Tin legte die Kristalle auf den Meeresboden.

Fushis Augen wurden groß wie Tennisbälle.

George nickte nur.

„Sie sind es", sagte der Wal. „Die magischen Kristalle der Hüter. Wir sollten sie aktivieren."

Fushi schwamm aufgeregt zwischen George und Tin hin und her.

„Sie sind es, tatsächlich!" stieß der Schwertmeister heiser hervor und starrte auf die Kristalle, auf denen sich bereits die erste Schicht Meeressand gelegt hatte.

„Sie, die, das sind tatsächlich... die Kristalle!" wiederholte Fushi. „Aber sie sind irgendwie blass... grau... sollten sie nicht leuchten... irgendwie? Die Legenden sprechen immer von den leuchtenden Kristallen der Hüter der Meere..."

„Sag ich doch, wir sollten sie aktivieren", wiederholte George trocken. „Wir brauchen sie im Kampf gegen Zerkas."

Fushi blickte den Wal ungläubig an.

„Das sollten wir", bestätigte Tin ebenso trocken. „George, du weißt, was du tun musst? Deine Magie sollte ihre Kraft entfalten."

Der Wal öffnete sein Maul. Tin legte die Kristalle auf die große Zunge des Wals, einen nach dem anderen.

„Gut, jetzt aktiviere sie", sagte Tin.

George schloss sein Maul. Sofort erstrahlte der gesamte Kopf des Wals in einem leuchtenden Blau. Das Glühen wogte wie eine Welle über den massigen Körper, erreichte den Schwanz und ließ den steinigen Gang samt Insassen in hellem blau erstrahlen.

Tin spürte die Magie des Wals. Doch er spürte auch, dass die Energie die Kristalle nicht erreichte. Etwas fehlte.

„Du bist es, der fehlt", hörte Tin die Stimme des Wals in seinem Kopf.

„Du hast Recht", stimmte Tin George zu. Sie mussten eine Einheit bilden.

Der Wal drehte mit seinen imaginären Augen diverse Achterbahn-Schleifen.

„Natürlich habe ich Recht. Es ist immer die Verbindung von Hüter und Wal, die die Magie erst vollkommen macht…"

Tin konzentrierte sich, spürte die Energie, die ihn durchfloss und verband sie mit der Magie des Wals. Gemeinsam lenkten sie die Energie auf die Kristalle, die immer noch im Maul des Wals lagen.

Und dann, endlich, fingen die Kristalle an zu leuchten. Sie leuchteten durch das geschlossene Maul des Wals und strahlten heller als tausend Sonnen. So hell, dass George und Tin vor Schreck den Zugang zur Magie verloren.

Aber es hatte ausgereicht. George öffnete sein Maul und ließ die Kristalle auf den Meeresbogen kullern. Sie leuchteten in mattem, aber beständigem blau.

„So wie es sein sollte", dachte Tin. „So wie es immer war."

Jetzt konnte der Kampf beginnen!

Das Schicksal der Hüter

Nachdem sie die Kristalle der Hüter aktiviert hatten, waren sie Fushi zu dessen Privaträumen gefolgt. Nun lagen die Kristalle vor ihnen in einer Schale aus abgebrochenen Muschelresten.

Tin blickte in die Runde. George war noch damit beschäftigt, Platz in dem für ihn kleinen Raum zu finden. Fushi hingegen sah Tin eindringlich an.

„Was weißt du über die Kristalle, Tin, oder Hakarascham – was du lieber hast."

„Bleiben wir bei Tin", sagte der junge Hüter und lächelte. „Die Seele des Hakarascham ist nur ein kleiner Teil meiner Selbst. Es sind mehr seine Erfahrungen und seine innere Stärke, die ich spüre."

Tin nahm einen Kristall in die Hand.

„Die Hüter haben die Kristalle genutzt, um miteinander zu kommunizieren", begann er. „Sie verlängerten mit ihnen die Reichweite, über die sie miteinander sprechen konnten. Sie können auch dazu genutzt werden, Energie zu übertragen. Das macht sie so mächtig, und so gefährlich."

Fushi nickte.

„Gut. George hatte erzählt, dass ihr über die Wand des Vergessens geschwommen seid. Daher kann es sein, dass du wichtige Dinge vergessen hast. Also, was weißt du noch über die Hüter selbst? Und über den Hakarascham?"

Tin überlegte.

„Der Hakarascham, ich, war der erste Hüter. Ich hatte damals die Gemeinschaft der Hüter gegründet, um zusammen mit unseren leuchtenden Walen die Bewohner der Meere zu beschützen und den Frieden und Einklang zu bewahren."

„Was weißt du noch?" fragte Fushi.

Tin schüttelte traurig den Kopf.

„Ich spüre, dass da noch mehr ist. Viel mehr. Aber immer, wenn ich es greifen will, windet es sich aus meinen Erinnerungen und verschwimmt…"

Fushi nickte.

„Das ist die Wand des Vergessens. Sie versteckt die Erinnerungen hinter sich, umschließt sie und verhindert, dass du es klar sehen kannst."

Fushi schwamm einmal um Tin herum.

„Nun, da du weißt, dass du der Hakarascham bist, ist es an der Zeit, dass du deine Vergangenheit kennst. Du bist nun bereit, um zu verstehen."

„Die Hüter waren nicht immer auf dieser Welt, Tin. Du, dein Vater, deine Mutter, alle Hüter kommen von sehr weit her. Ihr seid anders als alle Lebewesen auf der Erde. Du warst der erste Hüter. Vor etlichen Jahrhunderten kamt ihr in unsere Welt und habt alles verändert, was jemals war. Getrieben von einer Kraft, die eure alte Welt zerstört hatte, musstet ihr eine neue

Heimat wählen und landet bei uns, in unseren Meeren, den Meeren der Erde. Ohne auf Gegenwehr zu stoßen, habt ihr mit eurer Kraft und Energie die Meere beherrscht und gabt in eurer Güte Teile eurer Fähigkeiten an die übrigen Bewohner ab. Seitdem können alle Bewohner der Meere sprechen und in Grundzügen auch Magie wirken."

Fushi vollführte vor Tins Augen mit seinem Schwert eine elegante acht und ließ als Zeichen seiner Magie dabei kleine Sterne auf den Boden des Meeres sinken.

„Wir haben viel von den Hütern gelernt, wie du siehst. Auch wenn ihr die größten Geheimnisse für euch bewahrt habt. Der Hakarascham, du selbst, Tin, hast damals den Orden der Hüter ins Leben gerufen, um den Frieden und die Gleichheit der Meeresbewohner zu schützen. Es bestand die Gefahr, dass Teile unserer Gemeinschaft ihre neuen Fähigkeiten für das Schlechte einsetzen würden. Du hattest das erkannt. Eine Grundeigenschaft der Hüter ist ihr Streben nach Gerechtigkeit, Frieden und Ausgleich. Mit deinem Wissen und dem Orden der Hüter hattest du versucht, alle Bewohner des Meeres zu schützen. Die Hüter sollten dafür sorgen, dass die Meeresbewohner die neue Macht nicht für Unterdrückung und zum eigenen Vorteil missbrauchen würden. Aber du hattest nicht mit dem Feind in den eigenen Reihen gerechnet. Auch Hüter sind nicht vor Habgier und Neid geschützt. Zerkas, dein Onkel, ist der lebende Beweis dafür."

Der Schwertmeister seufzte tief. Traurig blickte er in die Weite des Ozeans und fuhr mit seiner Geschichte fort, die er nur mühsam zu Ende erzählen konnte.

„Was du verstehen musst, kleiner Tin: Alle Lebewesen haben eine Seele. Selbst die Kleinsten unter uns. Die Seele bestimmt die Gedanken und die Gefühle, die das Lebewesen lenkt und durchlebt. Die Seele ist sowohl für das Gute als auch für das Schlechte zuständig. Für Sorgen, Ängste, aber auch für die schönen Gefühle wie Liebe, Zuneigung und, das sollte man nie außer Acht lassen, den Spaß im Leben. Eine Seele formt den Körper und den Geist, sie stärkt dich in schlechten Zeiten, kann dich aber auch herunterziehen und zum Negativen formen. Deine Seele ist das, was dich ausmacht. Sie gibt deinem Tun und Handeln Kraft und Energie. Ohne deine Seele, ohne einen Antrieb, ist dein Körper nutzlos. Muskeln zählen letztendlich nicht, wenn du dich nicht bewegen willst, Bewegungen bewegen nichts, wenn du ihnen kein Ziel gibst und Gesagtes zählt nicht, wenn du es nicht ehrlich meinst und all dein Tun dahinter setzt. Alles, was du tust, musst du tief in deinem Inneren verankert haben. Deine Seele muss dich führen, nicht umgekehrt. So ist es bei allen Lebewesen."

Der Schwertmeister schaute Tin tief in die Augen.

„Aber Hüter… Hüter haben besondere Seelen. Normalerweise vergeht eine Seele, wenn ihre körperliche Hülle stirbt. Die Seele findet dann eine andere Bestimmung, fließt in die Energie des Universums und verteilt sich in den Weiten unserer Welten. Sie vereint sich mit allem, was lebt. Die Seele eines Hüters aber vergeht nicht, wenn der Hüter stirbt. Sie überlebt im Schinnjo, überwintert dort, bis ein neuer Hüter geboren wird, für den genau diese Seele bestimmt ist. Das Schinnjo vereint all eure Seelen, die Seelen der Hüter, und beschützt sie, bis sie wieder gebraucht werden. Es ist das älteste Relikt eurer alten Welt. Das Schinnjo sammelt und schützt die Seelen der Hüter und gibt sie zur rechten Zeit wieder für den Körper eines neuen Hüters frei."

Tin schluckte.

„Wenn es wahr sein sollte", dachte er, „dass die Seelen der Hüter nicht sterben können... und dass sie auf neue Hüter warten... dann würde das auch bedeuten, dass..."

„War meine Mutter auch eine Hüterin, Fushi?!?" fragte Tin aufgeregt. „Wenn ja, dann müsste sie doch, also ihre Seele müsste dann doch..."

Hätte der Schwertmeister es gekonnt, er hätte sich nun traurig am Kopf gekratzt. Leider gab es einiges, was einem Schwerthai verwehrt war.

„Ja, kleiner Hüter. Deine Mutter war ebenfalls eine Hüterin, ebenso wie auch dein Vater einer ist. Ihre Seele ist im Schinnjo. Sie ist immer noch da und wartet auf einen neuen Hüter, der sie aufnimmt."

Tin war wie vor den Kopf geschlagen. Seine Mutter lebte!

Nun, zumindest ein Teil von ihr war immer noch am Leben.

„Wo finde ich dieses Schinnjo? Vielleicht kann ich sie retten, sie befreien?"

Fushi schüttelte den Kopf.

„Niemand weiß, wo das Schinnjo zu finden ist. Zumindest niemand von uns. Nur der oberste Hüter des Ordens kennt den Aufenthaltsort des Schinnjos. Und auch wenn du wüsstest, wo das Schinnjo ist, könntest du die Seele deiner Mutter nicht befreien. Sie bleibt so lange im Schinnjo, bis es einen neuen Hüter gibt, der zu ihrer Seele passt. Nur dann gibt das Schinnjo die Seele wieder frei."

Tin konnte mit dieser Antwort nicht viel anfangen.

Fushi musste doch wissen, dass er es zumindest versuchen musste.

„Wer ist der oberste Hüter des Ordens?" fragte Tin fordernd. „Du musst mich zu ihm führen!"

Wieder schüttelte der Schwertmeister den Kopf.

„Das ist nicht so einfach. Der oberste Hüter ist dein Vater, Tin. Nur er weiß, wo das Schinnjo verborgen ist. Und das ist, so fürchte ich, auch der Grund, warum dein Onkel deinen Vater entführt hat. Zerkas will ebenfalls das Schinnjo für sich. Du musst wissen, dass das Schinnjo das mächtigste Artefakt ist, das es auf dieser Welt gibt. Es ist zwar nicht möglich, die Seelen, die im Schinnjo vereint sind, zu befreien. Dennoch kann man ihre Macht nutzen und für seine Zwecke einsetzen. Wer das Schinnjo besitzt, kann dauerhaften Frieden für die Meere bringen. Der Besitzer des Schinnjos hat aber auch die Macht, sämtliche Bewohner, nicht nur die der Meere, zu unterjochen und unendliches Leid auf die Welt zu bringen."

Tin verstand. Er musste seinen Vater befreien. Und er musste seinen Onkel aufhalten und das Schinnjo und die Seele seiner Mutter beschützen.

„Was muss ich tun?" fragte er.

„Du musst sie führen, Tin", sagte George.

„Wen?" fragte Tin.

„Die Sinnpinns natürlich", sagte der Wal und verdrehte die Augen. „Manchmal frage ich mich, ob Menschengehirne hier unten anders funktionieren…"

„Das tun sie in der Tat", sagte Fushi belehrend. „Es liegt zum einen am erhöhten Druck, der-"

„Nicht jetzt, Fushi, bitte!" brach George Fushis Ausführungen ab.

„Du musst sie gegen Zerkas in den Krieg führen,

Tin", sagte George und wandte sich wieder dem jungen Hüter zu. „Selbst mit Hilfe der Kristalle werden wir alleine Zerkas nicht bezwingen können. Wir brauchen die Sinnpinns, so viele wie möglich!"

„Auch wenn du nicht alle überzeugen wirst, denke ich", sagte der Schwertmeister. „Viele haben Angst vor Zerkas und wagen sich noch nicht einmal mehr aus unserem Versteck heraus. Aber ich bin mir sicher, dass viele dir folgen werden, immerhin bist du der Hakarascham!"

Tin nickte. Er spürte, dass dies der Weg war, den er gehen musste. Er hatte es gespürt, schon vor langer Zeit, merkte er nun. Das Meer hatte ihn schon immer gerufen. Und als er dann als Meermann verwandelt mit George, dem leuchtenden Wal, durch die Tiefen getaucht war, hatte er gespürt, dass alles, was passiert war, seine Richtigkeit hatte.

Tief in seinem Inneren hatte Tin gewusst, was kommen würde… und was er nun tun musste.

Schwarzes Meer

Gann kniff die Augen zusammen. Nur mühsam richtete er sich auf und schwamm zu dem kleinen Schlitz in der Tür, durch welchen die Wärter Essen und Getränke schoben.

„War da nicht gerade das Lachen seines Bruders zu hören gewesen?" fragte er sich im Stillen.

Gann blickte auf den dunklen Gang hinaus, konnte aber nichts erkennen. Er musste sich getäuscht haben.

Bei dem Gedanken an seinen Bruder legte sich sofort seine Stirn in Falten. Stumm schlug er mit der Faust gegen die Wand seines Gefängnisses, in welchem ihn sein eigener Bruder gefangen hielt.

Gann hasste Zerkas. Eigentlich hatte Gann dieses Wort und das Gefühl des Hasses aus seinem Leben verbannt. Trotz all dem, was passiert war. Aus etwas Schlechtem konnte nichts Gutes entstehen. Doch bei Zerkas war das etwas anderes.

Er hatte Gann alles genommen. Erst seine Frau, jetzt seinen Sohn. Zerkas hatte die Macht der Hüter missbraucht und die Völker der Meere unter seine Herrschaft gebracht. Gann hatte bisher aus Gesprächen der Wärter nur wenig erfahren. Aber was er gehört hatte, war schlimm genug gewesen und ließ noch Schlimmeres erahnen.

Wenn es stimmte, was die Wärter sich erzählten, dann hatte Zerkas die alten Burgen der Hüter einreißen und jeden, der sich ihm entgegengestellt hatte, verhaften lassen. Wenn sie bei dem Versuch, Zerkas aufzuhalten, nicht gestorben waren. Was wohl auf die meisten zutraf.

Zerkas hatte mittlerweile jede Stadt mit seinen Soldaten besetzt und forderte von den Bürgern einen hohen Tribut. Sie hatten ihm nach der Besetzung die Hälfte ihrer Besitztümer übergeben müssen. Seitdem verlangte Zerkas ein Drittel aller Güter, die sie erwirtschafteten.

Noch schlimmer als der Tribut aber war, dass Zerkas alle jungen, potenziellen Hüter in seine neue Hauptstadt verschleppt hatte, um sie unter seiner Führung und unter seinem bösen Einfluss für die Zukunft, für seine Zukunft zu formen.

Wie gerne hätte Gann seinem Bruder die Stirn geboten und gegen ihn gekämpft. Aber mit seinen magischen Fesseln, die ihm Zerkas angelegt hatte, konnte Gann nichts gegen ihn ausrichten.

„Diesem Scheusal werde ich das Versteck des Schinnjos niemals verraten!" rief Gann und schlug gegen die Wand seines Verlieses.

„Oh, was höre ich denn da?" vernahm Gann die Stimme von Zerkas. „Mein schwacher Bruder ist ein wenig bös, was? Hahaha!"

Gann grunzte. Also hatte er sich doch nicht getäuscht; es war die Stimme seines Bruders gewesen.

In diesem Moment schwang die Zellentür auf und offenbarte die Silhouette von Zerkas.

„Na, wie geht es uns denn heute, hm?!? Mit deinen Fesseln bist du nun nicht mehr der große, starke Bruder, was? Hahaha!"

Gann zerrte vor Wut an den Fesseln, die es verhinderten, dass er Zerkas Magie entgegen schleudern konnte.

„Du Teufel!" rief er stattdessen. „Lass mich frei! Ich werde dir niemals verraten, wo du das Schinnjo findest!"

Zerkas lachte. Ohne mit der Wimper zu zucken, ging er auf Gann zu und schlug ihm brutal ins Gesicht.

Gann keuchte und fiel auf den Zellenboden.

„Oh, das wirst du, lieber Bruder", sagte er ruhig, „das wirst du."

„Warum sollte ich? Du bringst mich doch eh um", sagte Gann bitter.

Zerkas beugte sich hinunter und schaute seinem Bruder tief in die Augen.

„Zum einen hast du Recht. Ich werde dich umbringen. Zum anderen glaube ich dir sofort, Bruderherz, dass du dein Leben für das höhere Wohl opfern und mir nie das Geheimnis um das Shinnjo verraten würdest. Aber, lieber, stolzer Bruder, du hast eine Schwachstelle. Und wenn meine Spione nicht irren, ist diese Schwachstelle gerade drauf und dran, mir in die Arme zu schwimmen, hahaha!"

„Was soll das heißen, du Scheusal?" fragte Gann vorsichtig.

Zerkas lächelte genugtuend und schritt langsam vor Gann auf und ab.

„Nun", antwortete er, „dein ach so wohl geratener Sohn hat die Transformation erfolgreich gemeistert, sich den dümmlichen Sinnpinns angeschlossen und ist kurz davor, seinen Vater heldenhaft zu befreien… und dabei einen heldenhaften Tod zu sterben!"

Zerkas ging in die Knie und schaute Gann direkt an. Seine Augen funkelten.

„Wenn du deinen Feind nicht besiegen kannst, finde seine Schwachstellen, lieber Bruder. Das hat uns unser Vater gelehrt, falls du dich erinnerst. Bei dir war es einfach. Ich nehme mir deinen Sohn. Er ist sogar so nett und kommt freiwillig zu mir. Habe ich ihn erst einmal in meiner Gewalt, wirst du mir alles sagen, was ich hören will."

Gann lächelte nur.

„Du wirst meinen Sohn nie kriegen! Er ist zehnmal schlauer als du."

Mit finsterem Blick richtete sich Zerkas wieder auf. Das Licht der Kristalle, die bisher den Raum erhellt hatten, flackerte. Die Zelle schien dunkler zu werden, als Zerkas das Wort wieder an Gann richtete.

„Nun, das sehe ich anders. Niemand kann mir das Wasser reichen, schon gar nicht dein kleiner Sohn!"

Zerkas lachte, schritt durch die Tür und ließ Gann allein.

Der Aufbruch

Sie trafen sich in der großen Halle. Alle waren gekommen. Die Kugelfische, die sich leise um sich selber drehten, die Hammerhaie mit ihren Schärpen, die bunten Kaiserfische, die Clownsfische, die dieses Mal bunte Masken trugen, die riesigen Rochen, dutzende Schwertfische und natürlich Fushi und George, der ruhig neben Tin auf der Tribüne in den Wogen des Meeres schwebte.

„Ich kann nicht gut vor anderen reden", gestand Tin George in Gedanken. „Genau genommen habe ich, bevor ich ein Meermann wurde, mit kaum einem anderen Lebewesen gesprochen als mit meinem Vater…"

„Es ist nicht so schlimm, wie es scheint, kleiner Hüter", antwortete George telepathisch. „Keiner kann das wirklich gut. Und das Schöne ist, das es alle wissen. Fühle einfach in dich hinein, Hakarascham, Begründer der Hüter. Du hast all das schon tausend Mal getan. Es ist in dir. Es wird schon gehen."

Tin sah das ein wenig anders, aber es war leider keine Zeit, das Thema ausgiebig zu diskutieren.

„Du musst nun zu ihnen zu sprechen", sagte Fushi und deutete auf die wartende Menge, die sich vor der Tribüne eingefunden hatte.

Stille breitete sich aus.

Tin nickte und ergriff aufgeregt das Wort.

„Zerkas ist stark", begann er und versuchte dabei, die Menge vor ihm zu ignorieren. „Er ist furchteinflößend und verfügt über unglaubliche Macht. Sein Gefolge ist unserem in Zahl und Kampfeskunst überlegen."

Der Hüter machte eine Pause und sah in die Reihen, sah die vielen Fische, die von ihm erwarteten, dass er, der sechzehnjährige Tin, sie anführen würde.

Sie hatten Angst, bemerkte er. Sie brauchten Vertrauen und Mut.

„Aber fürchtet nicht die Kraft, die Zerkas hat. Fürchtet nicht das Heer, das Zerkas anführt. Fürchtet nicht die Zahl an Kämpfern oder das, was ihr von ihnen gehört habt. All das braucht ihr nicht zu fürchten. Denn all das ist nicht wichtig. Wichtig ist nur, wer wir sind – wir alle! Wichtig ist, was uns stark macht! Wichtig ist, was wir wollen und wichtig ist, wozu wir im Stande sind!"

Tin machte eine Pause und blickte zu George, dessen Maul in sanftem Blau leuchtete.

„Auch wenn ich erst seit kurzem unter euch weile, kenne ich doch jeden einzelnen von euch. Die Seele des Hakarascham führt mich, sie kennt euch, ich kenne euch und ich kenne Zerkas, ebenso wie die Seele jedes anderen Hüters in diesen Meeren!"

Die Sinnpinns tauschten überraschte Blicke aus.

„Er ist es wirklich, er ist der Hakarascham!" rief ein kleiner Kugelfisch in die Menge und blies sich dabei groß auf. Tin erkannte ihn als den frechen Kugelfisch, den er auf dem Trainingsgelände am vorigen Tag kennengelernt hatte.

„Ich habe gesehen, was er kann", sagte ein anderer Fisch, „was er innerhalb von wenigen Trainingseinheiten von Fushi gelernt hat! Er hat Bewegungen vorausgesehen, die noch nicht da waren! Er ist es tatsächlich, er ist der Begründer der Hüter!"

Die Menge jubelte.

George nickte Tin aufmunternd zu und der Hüter fuhr fort.

„Wir werden Zerkas eigene Seele gegen ihn verwenden", sagte Tin. „Zerkas ist arrogant und selbstverliebt. Beides blendet ihn. Er glaubt, dass er nicht besiegt werden kann und wendet seine Aufmerksamkeit auf die Größe seiner Truppen, auf die Stärke seiner Mauern und auf die Schwäche seiner Gegner. Wir aber sind nicht schwach. Wir sind eine Einheit. Wir sind Rebellen, Kämpfer für unsere Freiheit."

Die Fische stießen Jubelrufe aus, Schwertfische hielten ihre Schwerter angriffslustig in die Fluten und die Kugelfische drehten sich aufgeregt um sich selbst.

„Zerkas glaubt, dass er alles weiß und alles sieht und die Schritte seiner Gegner im Voraus kennt", fuhr Tin fort. „Unsere aber kennt er nicht. Unsere Schritte sind im Verborgenen. Und jeder Einzelne von uns wird die Schritte jedes anderen von uns kennen. Wir werden unsere Gedanken und unsere Energie bündeln können. Wir haben sie gefunden, meine Freunde… die magischen Kristalle der Hüter der Meere!"

Ein Raunen durchzog die Menge.

„Zeige sie!" rief ein rot gefleckter Kugelfisch, der aufgeregt zwischen der „Ballon-" und der „Die-Luft-istraus-Version" variierte.

Tin nahm einen der leuchtenden Kristalle aus seiner Tasche und hielt ihn der wartenden Menge entgegen.

„Die Kristalle der Hüter werden uns helfen, uns zu koordinieren, unsere Kräfte zu bündeln und Zerkas zu besiegen. Früher waren die Kristalle denjenigen bestimmt, die unsere Meere sicherten, den Hütern. Sie verständigten sich mit ihnen, über mehrere Seemeilen hinweg. Die Kristalle halfen den Hütern, als Gemeinschaft unsere Meere und Heimat zu verteidigen, gemeinsam mit den leuchtenden Walen. Durch die Kristalle konnten die Hüter aber nicht nur über Meilen hinweg miteinander kommunizieren, sie konnten ihre Energie auch demjenigen senden, der sie am dringlichsten brauchte. So war ein einzelner in der Lage, gegen eine ganze Armee zu bestehen. Jetzt werden die Kristalle uns helfen, Zerkas zu besiegen!"

Tin blickte in begeisterte Gesichter.

„Noch heute werden wir Zerkas angreifen!" fuhr Tin fort, zog seinen Speer vom Rücken und streckte ihn über seinen Kopf in die Fluten.

Langsam ließ er seinen Blick über die Sinnpinns schweifen.

„Wir werden Zerkas angreifen und wir werden meinen Vater, den obersten Hüter des Ordens, befreien! Wer schließt sich uns an? Wer ist dabei, wenn wir Gann, meinen Vater, befreien?"

Plötzlich wurde es still. Die Fische blickten erst nervös zu Tin und sich dann gegenseitig fragend an. Dann kam Bewegung unter die Fische und ein kleiner Kugelfisch zwängte sich bis nach ganz vorne an die Bühne.

Es war Derjog, der freche Kugelfisch, den Tin bei

Fushis Nahkampftraining kennengelernt hatte.

„Ich komme mit!" rief Derjog nun so laut er konnte. „Den Spaß lasse ich mir doch nicht entgehen! Lagilo, komm schon, ohne dich muss ich die ganze Meute von Zerkas am Ende noch allein erledigen…"

Derjog drehte sich zur Menge um. Ein Stabfisch hüpfte aus der Menge hervor und ragte wie eine Fahne nach oben.

„Gestatten, Lagilo von Schlagolas", posaunte der Stabfisch heraus. „Auch ich werde mit voller Hingabe unser schönes Meer verteidigen. Mit meiner Schwertkunst werde ich die Fieslinge in die Flucht schlagen, so wahr ich Lagilo von Schlagolas heiße!"

Der Stabfisch hüpfte kampfeslustig auf und ab und verhedderte sich dabei in den Tentakeln einer Qualle, die neben ihm schwamm.

„Hör auf zu spielen und komm nach vorne", rief Fushi und schüttelte den Kopf.

„Er ist etwas verwirrt, aber im Grunde ein guter Junge", flüsterte er Tin zu.

Zur Menge gewandt sagte er: „Ist das alles? Diese beiden jungen Kämpfer sind mutiger als ihr alle zusammen?!?"

„NEIN!" schallte es aus den hinteren Reihen und mehr als zwei Dutzend Schwertfische schossen in die Höhe. „Es wäre uns eine Ehre, wenn du uns anführst, Tin, Sohn des Gann, Sohn der Nii, Hakarascham, erster Hüter der Meere! Die Tschuku tschuk stehen mit ihren Schwertern hinter dir!"

Tin nickte ihnen anerkennend zu. Die Schwertfische schwammen zur Bühne.

„Auch wir werden kämpfen!" rief eine bunt durcheinander wirbelnde Gruppe von Kugelfischen auf der linken.

Fushi winkte sie nach vorne an die Bühne und sie reihten sich neben den Schwertfischen, Derjog und Lagilo ein.

„Auch wir, auch wir, wollen unseren Teil beitragen, Teil beitragen!" riefen mehrere Stimmen gleichzeitig.

Tin sah sich um, konnte aber nicht erkennen, woher die Stimmen gekommen waren. Fushi zeigte auf die rechte Seite.

„Es sind Spiegelfische", sagte er. „Es gibt nur noch wenige von ihnen in unseren Meeren. Sie spiegeln alles, was ihnen begegnet, selbst ihre eigene Stimme. Sehr schwierig zu bekämpfen. Man weiß nie, ob man sich nicht gerade selbst angreift. Sie werden uns im Kampf gegen Zerkas sehr nützlich sein."

Tin nickte.

„Wir können jeden Fisch gebrauchen", rief er laut und blickte sich weiter um.

Er meinte ein Glitzern zu erkennen, konnte aber nicht ausmachen, woher es gekommen war, und winkte unsicher irgendwo in die Menge.

„Gut, dann- AU!" Etwas hatte Tin in den Fuß gezwickt.

Eine klitzekleine blaue Krabbe hatte sich in Tins dicken linken Zeh verkniffen und blickte nun kampfeslustig nach oben.

„Ich will auch dabei sein, jawohl, jawohl!" piepste die Krabbe und zwickte zur Sicherheit noch einmal in Tins rechten Zeh.

„Au! Hör auf damit!" rief Tin. „Du bleibst wohl besser hier. Du bist ein wenig zu- AU!"

„Du hast gesagt, dass ihr jeden Fisch gebrauchen könnt, oder nicht?!" piepste die blaue Krabbe auffordernd zurück. „Ich bin also dabei, oder hast du gelogen?"

Tin lachte.

„Nein, nein. Du hast ja Recht. Du bist dabei. Wir finden schon einen Weg, wie du uns helfen kannst. Wie heißt du?"

„Ich bin Bin", sagte die Krabbe voller Stolz.

Tin blickte Bin an, Bin blickte Tin an.

„Jaaa...?" fragte Tin und wartete immer noch auf einen Namen.

„Ich bin... Bin", piepste die Krabbe wiederholt, dieses Mal etwas langsamer. Sie war sich nicht ganz sicher, ob die Gehirne der Menschen im Meer richtig funktionierten.

„Ähm, soll ich dir irgendwie helfen?" fragte Tin vorsichtig.

Die Krabbe schien ihre Farbe langsam von Blau zu Rot zu wechseln.

Tin drehte sich zu George um.

„Hat sie so eine Art Sprachfehler oder so?" fragte er den Wal in Gedanken.

George lachte leise.

„Ich denke nicht", antwortete der Wal still. „Sie heißt wohl einfach „BIN", hahaha."

„Oh, ähm... Du bist also Bin, wie?" fragte Tin die Krabbe.

Bin nickte genervt und wetzte ihre Scheren.

„So sieht es aus, Wassermann! Und du bist Tin. Man sollte eigentlich meinen, dass du bei der Namensähnlichkeit... aber... ihr komischen Menschwesen seid wohl einfach ein wenig anders... das viele Wasser und so..."

Bin tippte sich mit der linken Schere leicht an den

Kopf und sah George fragend an. Der Wal lachte als Antwort nur.

„Ja, dachte ich mir…", piepste die Krabbe und sagte zu Tin gewandt, „Bin dabei, jawohl!"

„Schön, dann bist du dabei, Bin, äh… willkommen an unserer Seite."

Tin blickte zu seinem neuen Gefolge und dann zu George, der zufrieden vor sich hin grummelte.

„Gut, dann soll es so sein. Ich denke wir sind ein schlagkräftiges Team", sagte er und zwinkerte der kleinen blauen Krabbe zu. „Wir werden kleine Einheiten bilden und Zerkas in seiner eigenen Stadt, Schhintar, angreifen. Zerkas lässt heute Abend eine Parade veranstalten, um sich selbst zu huldigen. Unsere Truppen werden sich in der Stadt verteilen und dann, wenn der Zeitpunkt gekommen ist, blitzschnell angreifen. Jedes Team von uns wird einen Kristall erhalten. Die Kristalle werden uns dabei helfen, uns zu verständigen und unsere Kräfte bündeln. Gemeinsam werden wir siegen!"

Die Fische jubelten, drehten sich im Kreis, hüpften hoch und runter oder spuckten, wie die Kugelfische, Staub in die Weiten des Meeres hinaus.

Tin blickte zwar kampfesmutig von der Tribüne herunter, sicher, dass sie siegen würden, war er sich jedoch nicht.

Narrenfreiheit

Die Straßen von Schhintar wimmelten nur so von Fischen aller Art. Zerkas hatte befohlen, dass jeder Bewohner, ob groß oder klein, dem Fest beiwohnen sollte. Sie sollten ihm huldigen, sollten seine Größe sehen und sich fügen.

Also waren sie erschienen. Niemand hatte sich getraut, der Parade fernzubleiben. Die meisten hatten sich in edle Gewänder gehüllt, um ihrem neuen Herrscher zu gefallen oder um seinen Zorn nicht auf sich zu ziehen.

Zerkas selbst stand, in einen weißen, prachtvollen Umhang gehüllt und eine goldene Krone tragend, auf dem Balkon seines Palastes und blickte genugtuend auf seine Untertanen hinab.

„Ich sagte euch doch, dass sie euch lieben", säuselte Samu, ein schleimiger gelbstichiger Glasfisch, der neben seinem Herrn schwamm und die Menge angeekelt musterte.

„Sie würden alles für euch tun, mein Gebieter!"

„Schweig!" donnerte Zerkas und hob die Hand, als ob er seinen Untertan schlagen wolle. Samu zuckte zusammen.

„Ich habe dich nicht zu meinem Sekretär gemacht, damit du mir das Blaue vom Meer erzählst. Natürlich folgen sie mir, du Ausgeburt der Untergebenheit. Wenn sie es nicht tun würden, würde ich sie umbringen lassen!"

Zerkas lachte donnernd.

„Sie haben nicht die Gräten, um sich gegen meinen Befehl zu erheben. Es macht beinahe keinen Spaß, über solch niedere Kreaturen zu herrschen."

„Sicher", sagte Samu in windigem Tonfall. „Ihr habt natürlich Recht, wie immer."

Zerkas seufzte. Es war schwer, ehrliche und gleichzeitig schleimige Untertanen zu finden. Auch wenn er wissen musste, was wirklich vor sich ging, tat ein wenig Heuchelei doch immer ganz gut, fand er.

„Die Wagen stehen bereit?" fragte er beinahe gelangweilt.

„Selbstverständlich, Herr. Alles wartet auf euren Befehl."

Zerkas schnaufte und schaffte es, sogar diese Geste gebieterisch klingen zu lassen.

„Dann sollen sie beginnen."

Samu nickte.

„Wie ihr wünscht."

Der Glasfisch wackelte mit den Flossen. Trompeten ertönten und binnen weniger Augenblicke schwammen Soldaten, allesamt Panzerfische der übelsten Sorte, durch die Straßen von Schhintar und wiesen die Bewohner an, für die Parade Platz zu machen.

Nur wenige Straßenzüge entfernt lag George auf einer überdimensionalen Muschel, die wiederum aus abertausenden von kleineren Muscheln zusammengebaut worden war, und hatte überaus schlechte Laune zu verbreiten.

„Ach komm schon, so schrecklich sieht das doch gar nicht aus. Wir werden den anderen auch nichts davon erzählen, Ehrenwort!" versprach Derjog, der kleine Kugelfisch, der zusammen mit den größeren Kugelfischen und Schwertfischen den leuchtenden Wal begleitete.

George schüttelte sich nur zur Antwort.

„Sieh es doch mal so: Es hätte sonst keiner von uns machen können. Und wie hätten wir dann, ohne dass du die Hauptrolle spielst, diesen Wagen auf der Parade übernehmen können? Und dann all die Begleitfische. Das ist einfach perfekt. So können wir ohne Aufmerksamkeit zu erregen alle Schwert- und Kugelfische in die Stadt schleusen! Inklusive mir, treffenderweise als Kommandeur getarnt!"

Derjog war sichtlich begeistert. Bei George sah das anders aus, all der überschwänglichen Argumentation Derjogs zum Trotz.

„Hmmmm…", grummelte George und wackelte kurz mit den Armen seines Kostüms. „In all den Meeren, bei all den Fischen, unter all den Möglichkeiten, die eine Parade bietet, hätte es denn trotzdem nicht etwas anderes sein können als mein größter, natürlichster und ekligster Feind: ein Tintenfisch!?!"

Der leuchtende Wal schüttelte sich vor Abscheu. Die Tentakeln seines Kostüms wackelten durchs Meer und trafen ein paar Kugelfische am Kopf, die, ebenso wie die Schwertfische, als Tintenfische verkleidet vor die Muschel von George gespannt worden waren. Verwirrt und mit suchenden Blicken drehten sie sich nun um sich selbst.

„Ach, komm schon", sagte Derjog noch einmal und ignorierte die verwirrten Kollegen.

„Es ist doch nur ein Kostüm. Jeder hat seine Auf-"

Ein Fanfarenstoß ertönte. Die Menge wartete gespannt auf den Start der Parade.

„-gabe", schloss der kleine Kugelfisch, nachdem der Ton verklungen war.

„Macht euch bereit", rief Derjog den Kugel- und Schwertfischen zu, die vor Georges Muschelwagen gespannt worden waren.

„Wir werden uns bald in Bewegung setzen. Zerkas wird noch sein waliges Wunder erleben…"

Der Fanfarenstoß war auch unter den Straßen zu hören, wo Tin zusammen mit Fushi und Lagilo, dem Stabfisch, ausharrte.

Fushi hatte sie tief unter die Stadt geführt. Sie waren zuerst zu einer Kaschemme in den verwinkelten Gassen der Stadt geschwommen, wo sie einen Freund des Schwertmeisters, Danowan, den Wirt, getroffen hatten. Nach einer raschen Lokalrunde, darauf hatte Danowan bestanden - „Brauch is Brauch", waren sie dem Wirt in den Keller gefolgt. Hinter einem großen Fass hatte sich dann ein Tunnel aufgetan, über den sie Zugang zu dem geheimen Untergrundnetz von Schhintar erhalten hatten.

Fushi hatte sie zielsicher durch die weit verzweigten Katakomben bis unter den Palast von Zerkas geführt. Auf Tins Frage, woher er denn wüsste, wie man unter den Palast gelangt, hatte der Schwertmeister nur gesagt, dass er mehr kenne, als die Meere Algen hätten. Damit war die Fragestunde mal wieder beendet gewesen.

Nun standen sie vor einer Wand am Ende eines Ganges, hinter der, laut Fushi, das Verlies des Palastes auf sie wartete.

Wenn es nach Tin gegangen wäre, hätte sie sofort die Wand eingerissen und sich auf den Weg zu seinem Vater gemacht, der in einem der Zellen des Verlieses unterbracht sein musste. Aber Fushi hatte ihn abgehalten.

„Die Wächter würden uns hören und sofort überrumpeln", hatte er gesagt. „Es sind zu viele. Wir müssen warten, bis George seine Aufgabe erledigt hat."

Tin hatte erwidert, dass er seinen Vater sogar spüren konnte, wenige Meter von ihnen entfernt. Es konnte nicht weit sein – sicher würden sie es schaffen, bevor die Wächter sie stellen würden.

Aber Fushi hatte wiederholt abgewunken.

„Wir warten", hatte der Meister ruhig erwidert.

Nun hörten sie den zweiten Fanfarenstoß. Er bedeutete den Anfang. Es würde nicht mehr lange dauern, bis Tin endlich seinen Vater wiedersehen würde. So hoffte er zumindest.

„Die Wagen fahren los", sagte Tin, als der Fanfarenstoß verklungen war.

Der junge Hüter hielt den Kristall fest, der hell in seiner Hand leuchtete.

„Ich spüre George und Bin. Sie sind aufgeregt."

Tin fühlte die Unzufriedenheit seines Wals, aber auch die Vorfreude auf den Kampf.

„Bin und die Spiegelfische haben sich nahe der Palastmauern versteckt. Sie warten und werden bereit sein."

„Gut", sagte Fushi. „„George weiß, was zu tun ist.

Wir werden ebenfalls warten."

Der Zug setzte sich in Bewegung. Die Schwert- und Kugelfische zogen den Muschelwagen, auf dem George als Tintenfisch verkleidet lag, die Straßen entlang.

Niemand schien zu bemerken, dass der übergroße Tintenfisch, der eigentlich nur eine leere Hülle sein sollte, ab und an Luftblasen von sich gab. Selbst die Panzerfische waren mehr darum bemüht, aufmerksame Blicke in die Menge zu richten, als die Wagen zu prüfen, die langsam ihren Weg durch die Straßen nahmen.

„Sie haben keine Ahnung", flüsterte Derjog dem leuchtenden Wal zu. „Es wird gelingen!"

„Abwarten", raunte George zurück. „Abwarten…"

Zerkas sah den Wagen zu, die, einer nach dem anderen, seinen Palast passierten und links und rechts des großen steinernen Tores Stellung bezogen.

„Wie ängstlich sie alle wirken, selbst meine treuesten Untergebenen", bemerkte er. „Als ob ich so Furcht einflößend wäre."

„Nun, ähm, Sie haben quasi von jedem in dieser Stadt die Hälfte ihrer Verwandtschaft ausgeschaltet, mein Herr. Da wäre ich auch etwas schüchterner", sagte Samu kleinlaut.

„Harhar, da hast du wohl Recht!" lachte Zerkas und schlug dem Glasfisch beinahe freundschaftlich auf den Kopf. „Das war ein raffinierter Zug von mir, nicht wahr?!?"

Samu zuckte unter dem Schlag zusammen.

„Ja, das war es wohl, Herr. Das war es. Seht, da kommt der Wagen der Tintenfische! Sie sehen heute ein wenig mitgenommen aus, wie mir scheint…"

Zerkas blickte auf den Wagen hinab, der gerade um die Ecke bog und direkt auf den Palast zuhielt.

„Nun", sagte der Herrscher der Meere, „sie haben den Wagen ein wenig umgebaut, wie mir scheint. Der Tintenfisch ist noch ein wenig gewachsen seit der letzten Version, die ich gesehen hatte. Respekt! Sie sind für Wahr meine treuesten Untertanen!"

Tin spürte, dass George dem Tor sehr nahe sein musste. Die Aufgeregtheit des leuchtenden Wals steigerte sich gerade noch einmal um mindestens das Doppelte.

„Sie sind da! Zeit, unsere Kräfte zu bündeln!"

Tin, Fushi und Lagilo legten Hände und Flossen auf den Kristall. Der Kristall leuchtete noch heller als zuvor und Tin sendete ihre Energie zu George.

„Hoffentlich wissen die Spiegelfische, wie man den Kristall benutzt!" sagte Fushi. „Das Tor des Palasts soll aus Granitorium gemacht worden sein, dem härtesten Stein, den die Meere hergeben…"

Derjog blickte nervös zu George, welcher den Kristall direkt unter seiner Zunge trug – so könnte er ihn nicht verlieren, hatte er augenzwinkernd behauptet.

„Reicht es schon?" fragte Derjog gerade. „Hast du genug Energie, die du nutzen kannst?"

George schüttelte den Kopf.

„Es ist eine enorme Ladung an Energie, die gerade gesendet wurde. Sie muss von Tin kommen, ich spüre es. Sie ist besonders. Aber die Mauern sind hart und mehrere Schritte dick. Es fehlt noch etwas…"

Der Wagen war fast beim Tor des Palastes angekommen. Wenn sie nicht in den nächsten Augenblicken die Energie der Spiegelfische erhalten würden, wäre ihre Chance vertan.

George versuchte, seine Gedanken über den Kristall zu Bin zu schicken.

„Wir brauchen euch, JETZT!"

Bin, die kleine blaue Krabbe, stand auf einer alten Stadtmauer, unter sich die Spiegelfische, die in einer engen Gassen Buddha-gleich auf ihr Signal warteten. Keiner der Fische hatte sich in den letzten Minuten auch nur einen Hauch von Krabbenlänge bewegt.

„Wie schaffen sie das nur", fragte sich die kleine Krabbe selbst, „bei all den Strömungen hier unten…"

Bin war so mit den eigenen Gedanken beschäftigt, dass er um ein Haar Georges Hilferuf über den Kristall überhört hätte.

Erschrocken ließ die Krabbe bei Georges Worten fast den Kristall fallen.

„Der Wal ist am Tor! Er ist jetzt am Tor! Kommt her, ihr Spiegeldinger, schnell! Bin aufgeregt. Schnell, die Energie muss fließen, die Energie muss fließen!"

Die Spiegelfische bewegten sich nicht.

„Aber, was macht ihr denn?" fragte Bin panisch. „Wir müssen unsere Energie senden! George braucht uns jetzt! Kommt, kommt schnell!"

Die Spiegelfische rührten sich immer noch nicht.

„Was soll denn das?!? Ihr seid ja noch schwerfälliger als dieser Wassermann Tin!"

„Wir bewegen uns selten, selten", sangen die Spiegelfische. „Aber wir bewegen uns, bewegen uns. Wir senden bereits. Aktiviere den Kristall, Kristall!"

Die Krabbe schüttelte ihre Zangen.

„Na, das hättet ihr ja mal gleich sagen können, ihr Sturrfische! Dann werde ich mal…"

Bin aktivierte den Kristall, wie Tin es ihm gezeigt hatte, und sendete die Energie zu Georges. Es war so mächtig, dass die Zangen der kleinen Krabbe vor Energie glühten.

George lächelte.

„Es ist so weit", sagte der Wal und warf seine riesige Tintenfisch-Maske ab.

„Wir haben die Energie, die wir brauchen!"

Die Menge kreischte, als sie bemerkte, dass das Kostüm des Tintenfischs in Wahrheit ein gigantischer Wal war.

George richtete sich zu voller Größe auf und öffnete sein Maul.

Im selben Moment fuhr Zerkas herum, der seinen Blick über die Stadt hatte schweifen lassen, und starrte auf den Muschelwagen, aus dem sich George gerade erhoben hatte.

„Es ist der Wal!" schrie Zerkas wütend. „Da, bei den Tintenfischen! Er will meinen Palast angreifen!!"

Zerkas wirbelte zu seinen Panzerfisch-Soldaten herum und zeigte auf George.

„Der Wal, greift den Wal an! Vernichtet ihn! Und schützt verdammt noch mal das Tor!"

Die Truppen setzten sich augenblicklich in Bewegung… und waren dennoch zu langsam.

George hatte sich längst zu seiner vollen Größe aufgerichtet. Das Maul des Wals leuchtete in dunklem, nach Vernichtung schreiendem Blau und war direkt auf die Mauer des Palastes gerichtet.

Die Schwertfische hatten ebenfalls ihre Masken abgeworfen und in der ersten Reihe als Schutz für George Stellung bezogen.

Und dann schoss George seinen magischen Strahl direkt auf die Mauern des Palastes.

Ein ohrenbetäubender Knall erschütterte den Palast und ließ den Stein der Mauern zerbersten.

„Nein!" schrie Zerkas und schnellte zu seinen Panzerfischen herum. „Haltet sie auf! Sie dürfen nicht in den Palast eindringen!"

Die Panzerfische schossen nach vorne und wollten die Schwertfische angreifen. Aber noch ehe sie diese erreichten, prallten sie zurück. Die Kugelfische waren wie aus dem Nichts emporgeschossen und wirkten wie eine Mauer aus Kaugummi, an der alles abprallte, was sie berührte.

George und die Schwertfische nutzten den freien Raum, schwammen schnell wie ein Gezeitenstrom durch das Loch in der Palastmauer und griffen Zerkas Truppen an.

„Tin, jetzt oder nie!" rief George in Gedanken seinem Reiter zu, der in den Katakomben des Palastes auf genau dieses Signal gewartet hatte.

Der Wracktock

Tief unter dem Palast hörte Tin Georges Stimme in seinem Kopf, als würde er direkt neben ihm schwimmen.

„Es ist so weit!" rief er Fushi und Lagilo zu.

„Na dann los!" schrie der Schwertmeister. „Lasst uns den alten Haudegen nach Hause bringen!"

Sie stellten sich vor die Wand, die das Ende des Ganges markierte, und berührten den Kristall.

Ein greller Energieblitz schoss aus dem Kristall und traf die Wand. Der Stein explodierte, zerbarst in tausende kleine Gesteinsbrocken und gab den Weg zum Verlies frei.

Tin hielt nichts mehr. Er schwamm den freien Gang entlang, gefolgt von Fushi und Lagilo.

Doch jede Zelle, in die er blickte, war leer.

Erschöpft drehte er sich am Ende des Ganges um.

„Sie… sie sind alle leer", keuchte er. „Aber er muss hier irgendwo sein! Ich habe ihn doch gespürt!"

„Spürst du ihn denn immer noch?" fragte Fushi aufgeregt.

Tin hörte in sich hinein, suchte nach einem Gefühl,

nach dem Gefühl seines Vaters. Er konnte ihn immer noch spüren. Aber nun fühlte es sich nicht mehr so an wie vorhin, als sie vor der Felswand in den Katakomben gestanden hatten. Da hätte Tin nur die Hand ausstrecken müssen, um seinen Vater zu berühren.

Jetzt war er wieder weiter entfernt.

„Er ist plötzlich über uns", antwortete Tin irritiert. „Wie ist das möglich?"

„Zerkas muss ihn aus Sicherheitsgründen aus seiner Zelle geholt und verlegt haben", sagte Fushi. „Irgendwie weiß er, dass mehr hinter dem Angriff steckt als nur das Zerstören von Mauern. Zerkas ist schlau, leider… Das ist wahrscheinlich auch der Grund, warum hier überhaupt keine Wachen sind. Zerkas muss sie alle abgezogen haben. Wenn Gann nicht mehr hier ist, gibt es auch keinen Grund mehr, sie hier unten zu haben."

„Zerkaaaas!!!" wütend schrie Tin seinen Frust heraus. „Dieser elende Mistkerl!! Dann müssen wir meinem Vater eben folgen. Ich kann ihn spüren, er ist über uns, nicht weit entfernt!"

Fushi nickte.

„Wir haben vielleicht eine Chance, wenn George und Bin die Wachen ablenken…"

Lagilo lachte und beugte sich angriffslustig nach vorne.

„Selbst wenn nicht, edle Mitstreiter, mit Freuden sehe ich dem nahenden Kampf entgegen. Je mehr Feinde meiner Schwertkunst die Stirn bieten wollen, desto mehr werden fallen, so wahr ich Lagilo von Schlagolas heiße!"

Tin musste grinsen. Selbst im Angesicht des Todes würde der kleine Stabfisch noch behaupten, dass er seinem Gegner nur einen kleinen Vorsprung erlaubt hätte.

„Gut, wir müssen hier lang", Tin zeigte auf einen Gang, der steil nach oben führte.

„Mein Vater ist direkt über uns!"

„Da hinauf? Dann ist er im Turm der Weisheit - so hieß er zumindest früher einmal", sagte Fushi.

„Gut, dann müssen wir zum Turm", sagte Tin.

„Wie ich Zerkas kenne, werden dort eine Menge Wachen auf uns warten", sagte Fushi. „Da haben wir drei keine Chance!"

„Wir sind nicht nur zu dritt, Schwertmeister", sagte Tin lächelnd. „Vielleicht können die anderen die Wachen ablenken oder überrumpeln und zu uns stoßen!?"

Der Hüter hielt den Kristall in die Höhe, mit dem er nicht nur seinem Wal George, sondern auch Bin und den Spiegelfischen eine Nachricht schicken konnte.

Tin verband seine Gedanken mit dem des Kristalls und über den Kristall mit den Gedanken seiner Mitstreiter.

„Sie haben meinen Vater in den Turm der Weisheit gebracht", sprach Tin klar und deutlich.

Der Kristall leuchtete und sendete die Nachricht an ihre Freunde.

„Wir gehen jetzt hoch und werden versuchen, ihn zu befreien. Aber wir sind nur zu dritt und können nicht gegen alle gleichzeitig kämpfen. George, lenke du die Soldaten ab! Lockt sie vom Turm weg. Macht so viel Lärm wie ihr könnt! Bin, bleibt wo ihr seid und haltet euch bereit!"

In der Hoffnung, dass sie seine Nachricht gehört hatten, schwamm Tin zusammen mit Fushi und Lagilo den nächsten Gang hinauf.

George hatte ihn gehört. Er hatte zwar nicht den Kristall, aber den brauchte er auch nicht. Er hörte seinen Hüter so oder so. Der Wal blickte zu Derjog.

Der Kugelfisch nickte ihm zu. Er hielt den Kristall in der Hand und hatte die Nachricht ebenfalls gehört.

„Auf, ihr Helden, zum Turm!" rief George den Schwertfischen und Kugelfischen zu und zeigte auf einen Turm, von dessen Spitze aus Zerkas seine Truppen befehligte.

„Wir müssen die Wachen ablenken. Wir müssen sie vom Turm der Weisheit weglocken!"

Die Schwertfische bildeten sofort eine Speerspitzen-Angriffsformation und hielten auf die Panzerfische zu, die sich vor dem Turm des Palastes aufgebaut hatten.

„Lockt sie weg! Lockt sie zu den Mauern!" rief George.

Die Schwertfische griffen an. Schnell wie der Blitz attackierten sie die Panzerfische, die die messerscharfen Dolche der Schwertfische mit ihren Brustplatten abwehrten und zum Gegenangriff ausholten.

Doch wenn immer die Panzerfische die Schwertfische attackieren wollten, wichen diese aus und schwammen Flosse um Flosse weiter vom Turm weg.

Der Plan funktionierte. Die Panzerfische folgten ihren Angreifern und wurden so immer weiter vom Palast und vom Turm der Weisheit weggelockt.

„Jaaaa!" jubelte George. „Weiter so! Es funktioniert!"

„George!" rief Derjog plötzlich, „sieh nur, hinter dem Turm!"

George sah zum Turm. Er sah Zerkas, der die Hände hoch über den Kopf gehoben hatte. Und dann sah er den Schatten, der langsam hinter dem dunklen

Herrscher heranwuchs und größer und größer wurde.

„Mutter der Meere… steh uns bei!" stammelte der kleine Kugelfisch ängstlich. „Es ist ein Wracktock! Zerkas hat tatsächlich einen Wracktock! Ich dachte die wären längst ausgestorben. Und er gehorcht ihm, er hört auf Zerkas Willen… Wir sind verloren!"

George schüttelte den Kopf und baute sich in seiner ganzen Größe vor dem Turm auf.

„Zerkas, du Scheusal", rief er gegen den Kampfeslärm so laut, dass selbst der dunkle Herrscher ihn hören konnte, „auch dein Wracktock wird uns nicht aufhalten!"

Ohne weiter zu zögern, schoss George einen gewaltigen Energiestrahl gegen den Wracktock, der mittlerweile über dem Turm schwamm und mit Hauern, die aus seinem Maul bis weit über den Schädel ragten, an die fünfzig Fuß maß.

Doch der Energiestrahl, der dutzende Soldaten hinweggerafft hätte, erreichte den Wracktock nie.

Noch bevor der Strahl die Kreatur erreichte, öffnete dieser das Maul und stieß einen schrillen Ton aus. Schockwellen prallten auf den Energiestrahl des Wals und lenkten ihn in die Weiten des Meeres hinaus.

„Du kannst einen Wracktock nicht besiegen", schrie Derjog über den Kampfeslärm hinweg George zu. „Niemand kann das. Sie widerstehen allem, selbst deine Energiestrahlen können ihm nichts anhaben."

„Aber du sagtest doch, dass sie eigentlich ausgestorben sein sollten", widersprach George. „Wie können sie fast ausgestorben sein, wenn sie nicht besiegt werden können?"

„Sie haben sich selbst zerstört", antwortete Derjog, der schon mal nach einem sicheren Versteck Ausschau hielt. „Familienkriege, Bandenkriege, wenn das Bier alle ist... du weißt schon, dann passiert sowas halt... Naja, anscheinend hat einer überlebt... wird nicht der Schwächste sein, schätze ich..."

Derjog wollte sich gerade in Sicherheit bringen, da verstellte George ihm den Weg.

„Das heißt, wir bräuchten nur einen Wracktock, um einen Wracktock zu besiegen, richtig?"

Derjog nickte.

„Schon, schätze ich. Aber wo willst du-"

„Ruf die Spiegelfische, schnell!" forderte George den Kugelfisch auf.

Derjog sah den Wal fragend an. Dann verstand er.

„Einen Wrackrock um einen Wracktock... George, du bist der genialste leuchtende Wal, der mir je untergekommen ist!"

„Du kennst doch nur mich."

„Eben", sagte Derjog augenzwinkernd. „Das macht es ja so einfach!"

Bin und die Spiegelfische hatte derweil in der Gasse, nur einen Steinwurf von den Mauern des Palastes entfernt, ausgehaart.

Nun vernahm Bin die Stimme Derjogs.

„Bin, schnell, bring die Spiegelfische zu den Mauern des Palastes! Wir brauchen euch!"

Bin wandte sich an die Spiegelfische.

„Los, die Jungs brauchen unsere Hilfe! Mir nach!"

Bin sprang auf einen Spiegelfisch unter sich und sauste mit ihm, die anderen Spiegelfische im Schlepptau, die Gassen entlang.

Nur wenige Augenblicke später hatten sie George und Derjog erreicht.

Bin blickte an ihnen vorbei und sah den Wracktock, der mittlerweile vor dem Turm Stellung bezogen hatte und gerade sein Maul zum Angriff öffnete. Die Brust des Ungeheuers glühte. In wenigen Augenblicken würde er seinen vernichtenden Schrei auf sie richten.

„Rasch, ihr müsst den gefährlichsten Fisch spiegeln, den diese Meere je gesehen haben!" rief George ihnen zu. „So können wir ihm vielleicht Angst einjagen und ihn vertreiben. Und es muss echt wirken – wir dürfen uns keinen Fehler erlauben!"

Die Spiegelfische zögerten keine Sekunde, bewegten sich pfeilschnell, und schwammen in die Höhe. Dann legten sie sich quer, Seite an Seite und bildeten eine Wand, durch die noch nicht einmal ein Schrimp gepasst hätte.

George versuchte zu erkennen, was vor den Spiegelfischen geschah, sah aber nur, dass es vor den Fischen flimmerte wie Wasser an der Oberfläche, wenn es die Sonne zurückwarf.

Dann sah er den Wracktock. Der Gigant hatte sich direkt vor den Spiegelfischen aufgebaut und ließ sich augenscheinlich nicht von seinem Angriff abbringen.

Schon öffnete er sein grauenvolles Maul und George konnte bis in seinen Schlund hinuntergucken.

Der Plan war gescheitert! Entweder hatten es die Spiegelfische nicht geschafft, ein Ebenbild des Wracktock zu erzeugen, oder aber der Wracktock hatte ihren Plan durchschaut.

In diesem Moment schoss das Monstrum seinen vernichtenden Schrei auf seine Angreifer.

Die Wellen prallten auf die Wand aus Spiegelfischen, aber zu Georges Verwunderung wurden diese nicht zerfetzt, sondern warfen ihrerseits den Schrei wieder zum Wracktock zurück. Die enorme Wucht des eignen Schreis traf den Wracktock wie ein riesiger Hammer, zerfetzte ihn und schleuderte den Wracktock in die Tiefen des Meeres hinaus.

„Sie haben es geschafft!" rief Bin triumphierend. „Meine Spiegelfische haben es geschafft, diese langsamen Teufelsfische!"

Ungläubig blickte George dem Wracktock hinterher, der längst nicht mehr zu sehen war.

„Wir, sie, wir haben ihn tatsächlich besiegt!" rief auch Derjog. „Wahnsinn! Einen Wracktock! Das muss ich meinem Papa erzählen!"

Derjog schwamm über die Wand aus Spiegelfischen.

„Der Wracktock ist weg. Aber wo ist Zerkas?" fragte er George.

Hektisch versuchte der Wal, Zerkas auszumachen, der noch vor wenigen Augenblicken auf den Zinnen des Turms gestanden hatte.

„Er ist weg", registrierte George unsicher. „Das kann nur eines bedeuten…"

Tin, Fushi und Lagilo waren vor einer eisernen Tür angekommen.

„Hier muss es sein", sagte Fushi. „Dahinter liegt der Raum der Weisheit."

„Hoffen wir, dass die anderen erfolgreich waren und die Wachen weglocken konnten. Erfüllen wir nun unseren Teil", sagte Tin, den Speer in der linken Hand haltend, und feuerte mit der rechten Hand einen Energiestrahl auf die Tür ab.

„Warte!" wollte Fushi den jungen Hüter noch zurückhalten, doch es war bereits zu spät.

Die Tür wurde aus den Angeln gehoben und in den

dahinter liegenden Raum katapultiert.

Tin hob seinen Speer in die Höhe und jubelte. Nur, um im nächsten Moment vor Angst zu erstarren. Vor ihnen, in der Mitte des Raumes, hing Gann, Tins Vater, an leuchtenden Fesseln, die den Körper des Hüters fest umschlungen hatten und bewegungsunfähig machten. Auch der Mund war mit einem leuchtenden Strick gefesselt.

„Vater", rief Tin angsterfüllt, „was…?!?"

Ein drakonisches Lachen erfüllte den Raum.

„Hast du geglaubt, ich würde euch einfach so in meinen Palast eindringen lassen und mir das Liebste rauben, das ich besitze?" fragte Zerkas und schwamm lächelnd neben seine Geisel.

„Ihr seid genau da, wo ich euch haben wollte, meine Freunde", sagte der Herrscher der Meere genussvoll. „Tin, mein kleiner Hüter, mein Patenkind, wie froh ich bin, dich zu sehen! Endlich lernen wir uns mal persönlich kennen…"

Kampf der Mächte

Tin war wie gelähmt.

„Lass ihn los, du Scheusal!" schrie er Zerkas entgegen.

„Oh, der kleine Sohn hat Angst um seinen Vater, ist ja rührend!" sagte Zerkas und genoss sichtlich die Qual in den Augen seines Feindes.

„Keine Angst, kleiner Hüter, dein Vater wird durch die magischen Fesseln lediglich daran gehindert, magisches zu tun", sagte Zerkas lachend und fuchtelte zum Hohn mit seinen Händen durch das Wasser.

„Aber, sind wir mal ehrlich, wirklich „magisches" kann er eh nicht ausrichten. Er war noch nie so stark wie sein Bruder – und damit meine ich MICH!"

„Mein Vater wird dich vernichten!" entgegnete Tin. „Wir werden dich vernichten!"

Zerkas lachte nur.

„Ihr? Ihr drei lächerliche Gestalten wollt mich vernichten? Ist das dein Ernst? Mich, der jeden deiner

Schritte bis zu diesem Moment gelenkt hat?"

Wieder lachte Zerkas.

„Du kannst gar nichts ausrichten, außer deine Freunde zu verraten und mir Zugang zur Macht über alle Meere zu verschaffen."

„Das werde ich nie tun, niemals!" schrie Tin.

„Oh, das hast du schon getan, kleiner Tin..." sagte Zerkas langsam und schwamm einmal um Gann herum.

Tin nutzte die Gelegenheit und feuerte erst seinen Speer und direkt danach einen Energiestrahl auf den dunklen Herrscher.

Doch zu seinem Entsetzen prallten beide an Zerkas einfach ab, als wären es nur harmlose Spielzeugwaffen.

„Ist das alles, kleiner Hüter?" fragte Zerkas amüsiert. „Ein einfacher Speer und dieses klitzekleine Strählchen? Wie süß. Du wirst mich nie besiegen können. Deine Macht ist nichts im Vergleich zu meiner. Im Gegenteil, erst all dein Tun, und das deines Vaters, hat mir geholfen, zu grenzenloser Macht zu gelangen!"

„Was meinst du damit?" fragte Tin irritiert.

„Nun, da du anscheinend keine Ahnung hast, wird es mir ein Vergnügen sein, dich aufzuklären. Als dein Vater nach dem Tod deiner Mutter mit dir aufs Land geflüchtet war-"

„Du meinst, nachdem du sie getötet hattest!"

„Njoah, ein winziges, aber unnützes Detail", stimmte Zerkas Tin zu und tötete beiläufig mit einem magischen Blitz einen kleinen Fisch, der vor seinem Gesicht herumgeschwommen war.

„Nachdem also deine Mutter tot war, hat dein bedauernswerter Vater versucht, dich und sich selbst zu retten, und wählte ein Leben außerhalb unserer schönen Wasserwelt. Ein lächerlicher Versuch, dich zu retten.

Wobei, in einem hatte er Recht, er konnte dich so immerhin bis zu deinem sechzehnten Lebensjahr verstecken."

Zerkas klatschte übertrieben wohlwollend in die Hände.

„Aber er wusste, dass ich dich aufspüren würde, sobald du dein sechzehntes Lebensjahr erreicht hättest. Alle in unserer Familie können sich spüren, wenn sie älter als sechzehn Jahre alt sind. Familienfluch und Segen zugleich, glaub mir. Hat mir allerdings geholfen, meine, nein, warte... unsere Familie auszulöschen!"

Tin fühlte nur noch Wut und Hass. So hatte sein Onkel also seine Familie getötet.

„Warum konntest du meinen Vater nicht spüren?" fragte Tin, der die Antwort schon ahnte, aber auch Zeit gewinnen wollte.

„Eines muss ich deinem Vater zugestehen, Tin. Er ist ein sehr schlauer, wenn auch in die Jahre gekommener alter Mann. Es gibt Wege und Möglichkeiten, die Verbindung zur Königsfamilie, zu unserer Familie, zu blockieren. Ich weiß zwar noch nicht, wie er es geschafft hat, aber seit dem Tod deiner Mutter war er für mich wie vom Erdboden verschluckt. Er wusste allerdings auch, dass er die Blockade nicht auch für dich aufbauen kann. Es hat etwas mit dem Herzen zu tun, weißt du."

Zerkas schlug sich symbolisch auf die Brust.

„Das liebe, kleine Herz. Einerseits so wichtig, andererseits aber doch so schwach. Dein Vater wusste, dass ich dich finden würde, wenn du sechzehn Jahre alt werden würdest. Er wusste auch, dass er dich nicht allein vor mir beschützen könnte. Darum hatte er versucht, die Seele deiner Mutter zu finden. Dieser lächerliche Versuch mit dem Boot, einfach wundervoll, was Gefühle mit einem anstellen, nicht wahr?!"

Wieder lachte Zerkas und schoss einen kleinen magischen Strahl auf Gann, der qualvoll aufstöhnte.

„Lass ihn in Ruhe!" schrie Tin und wollte sich auf Zerkas stürzen, doch Fushi hielt ihn zurück.

„Was soll das?" schrie Tin Fushi an. „Wir müssen ihm helfen! Er quält ihn!"

„Spare deine Kräfte", flüsterte Fushi. „Warte den richtigen Moment ab!"

Zerkas schwamm auf Tin zu und hielt nur wenige Fuß vor ihm an.

„Hör auf deinen Lehrer, kleiner Hüter, mein kleines Patenkind. Er hat Recht. Spare deine Energie für das Finale auf. Ich freue mich darauf, dich und deine Freunde in einem harten, total erbitternden Kampf zu vernichten. Du musst doch stark dafür sein, nicht wahr?"

Zerkas wendete und drehte ihnen wiederholt arrogant seinen Rücken zu. Dann schoss er plötzlich herum und schwebte genau vor Tins Gesicht.

„Ich sollte deinem Vater eigentlich danken, kleiner Tin. Er wollte durch das Zauberboot die Seele deiner Mutter finden. Sie sollte dich vor mir beschützen. Aber erst dadurch, dass er dich zum Meer geführt hat, war es mir ein Leichtes, ihn zu entführen und dich in die Wasserwelt zu locken. Naiv wie du bist, hast du natürlich versucht, deinen Daddy zu retten. Seit deiner ersten Berührung bis zum jetzigen Augenblick habe ich deine Schritte gelenkt. Du warst mein Spielzeug, mein Werkzeug zur Erlangung meiner Macht, kleiner Tin. Ich bin dir zu tiefem Dank verpflichtet!"

Zerkas vollführte eine sarkastische Verbeugung.

Tin verstand die Welt nicht mehr.

„Ich würde dir nie helfen, die gesamte Wasserwelt zu unterwerfen! Niemals!"

„Tststs, aber nicht doch, kleiner Tin. Du musst doch das Ende der Geschichte abwarten. Sonst versaust du mir ja noch alles…"

Zerkas lächelte.

„Was glaubst du, warum dich der Kraken direkt zu Anfang nicht einfach vernichtet hat? Es wäre ein Leichtes gewesen. Du warst ja noch schwach, wie ein Baby."

„George, mein leuchtender Wal, hat mich gerettet!" entgegnete Tin trotzig.

Zerkas lachte nur.

„Natürlich hat dich dein leuchtender Wal gefunden. Das ist nun mal seine Aufgabe. Und das war auch gut so. Alleine hättest du mir viel zu lange gebraucht, um durch die Meere zu schwimmen. Aber es gab einen Grund, warum ich dich nicht sofort getötet habe, Tin. Ich brauchte dich noch. Du hattest für mich noch eine Aufgabe zu erfüllen. Doch vorerst musste ich sicherstellen, dass du deiner Mutter, vielmehr der Seele deiner Mutter, nicht doch noch begegnen würdest."

Tin schluckte.

„Was meinst du damit?" fragte der Hüter vorsichtig.

„Nun", antwortete Zerkas, „ich musste sicherstellen, dass du nicht mehr Macht erlangst als nötig. Nicht, dass du mir nachher noch gefährlich werden würdest. Daher habe ich dich von deinem Wal finden lassen. Ich wusste, dass er dich über Kurz oder Lang zur Sinahia bringen würde. Sie ist nun mal die Seele der Meere, sie weiß alles, du weißt nix, dein Wal weiß nix. Sie ist in der Regel die Richtige. Nur, die Sinahia ist alt, sehr alt. Sie weiß, dass auch sie nicht ewig leben wird. Und sie hat Millionen von Kindern, ihre Kinder, meine Kinder, die alle in meinen Städten wohnen. In meinen Kinderhorten. In meiner Gewalt. Es bedurfte nicht vieler Worte, um die Sinahia davon zu überzeugen, dass du die Wand des Vergessens aufsuchen musst, um herauszufinden, wie du deinen Vater befreien kannst. Es war eine kleine Notlüge, so würde sie es vermutlich bezeichnen. Aber sie hat ausgereicht."

„Du bist ein elender-" begann Lagilo.

„Schweig!" bellte Zerkas und schleuderte den Stabfisch ans andere Ende des Raumes.

Bewusstlos sank Lagilo an der Wand zu Boden.

Tin musste sich zurückhalten, um seinen bösen Onkel nicht anzuspringen. Er hasste ihn, durch und durch. Wiederholt blickte er zu seinem Vater, sah aber keine Chance, ihm zu helfen, geschweige denn, ihn zu befreien.

„Nun… wo waren wir in deiner, oder vielmehr in meiner Geschichte stehen geblieben? Ach ja, bei der alten Sinahia. Sie hat dich also zu der Wand des Vergessens geschickt. Eine Wand, die aus den Legenden entstand und in die Legenden eingehen wird. Denn… sie hat es nie gegeben. Einzig mein brillanter Verstand und meine magischen Fähigkeiten haben sie erschaffen. Nichts sonst. Diese berühmte Wand des Vergessens."

Zerkas schmunzelte bei dem Gedanken.

„Sie hat dich vergessen lassen. Das war wichtig. Mein Zauber hat dich vergessen lassen. Klar, sie hat dir auch gesagt, dass du zu deinem Ursprung zurücksollst, aber das hätte ich auch die Sinahia sagen lassen können. Meine Wand des Vergessens hat jedoch bewirkt, dass du deine Mutter nicht spüren kannst, und du hast es noch nicht einmal bemerkt. Sie wäre nämlich die Einzige gewesen, die dir noch hätte helfen können. Mit ihrer Seele hättest du vielleicht noch den Hauch einer Chance gehabt, aber so... hast du NICHTS!"

Zerkas schnippte mit den Fingern.

„Jeder Hüter muss erst einmal seine Kräfte trainieren, seinen Sinn und sein Gespür finden. Hätte ich dir noch ein paar Tage mehr Zeit gegeben, du hättest sie gespürt und letztendlich ihre Seele gefunden. Aber die Wand hat es dir genommen."

Tin schluckte.

„Also ist sie noch da draußen, irgendwo!?"

Zerkas nickte und wirkte zum ersten Mal mitfühlend – wenn auch nur kurz.

„Natürlich ist sie noch da draußen. Alle Hüter sind immer da draußen. Das ist unsere Bestimmung. Unsere Seelen vergehen nie. Ich denke das hat dir der alte Schwertmeister da neben dir schon längst erzählt."

Zerkas blickte wissend zu Fushi.

„Nur... leider weiß ich nicht, wo sich deine Mutter versteckt hält, dieses gerissene Biest. Und sie hätte dir mehr Macht verleihen können, als mir lieb gewesen wäre. Daher musste ich sicherstellen, dass du die Seele deiner Mutter nicht findest, bevor du mir all die Geheimnisse verrätst, die ich wissen will. Aber da du sie nicht mehr spüren konntest und nicht wusstest, dass du sie spüren kannst, sind wir nun da, wo ich uns alle haben wollte..."

Stumm versuchte Tin George zu kontaktieren, vielleicht konnten sie gemeinsam Zerkas überwinden. Aber er fühlte nichts, noch nicht einmal die Gegenwart seines leuchtenden Wals.

„Na, versuchen wir unseren Lieblingswal zu

erreichen?" fragte Zerkas belustigt. „Als ob ich nicht in der Lage wäre, deine plumpen Kontaktversuche zu blockieren. Siehst du das hier?"

Zerkas hielt einen schwarzen, runden Stein in der Hand.

„Dieser kleine, wundervolle Steinchen ist ein Scheidist. Mit seiner Hilfe kann ich Verbindungen zwischen Hütern und leuchtenden Walen erkennen und trennen, bevor sie es selbst merken. Hat mir schon viele Dienste erwiesen. War teuer, aber was ist schon Geld im Angesicht der ewigen Macht? Der Makel an diesem Stein ist nur... er erkennt allein die Verbindungen zwischen Hütern und Walen, wenn sie nicht zu weit entfernt sind. Wenig hilfreich bei der Suche nach seinen größten Widersachern, die sich in den Tiefen des Meeres versteckt halten..."

Der dunkle Herrscher verstaute den Stein wieder in seinem Mantel.

„Aber Gott sei Dank hatte ich ja dich, Tin, dich und die tatkräftige Hilfe der Person, die ich am meisten gesucht hatte: Fushi!"

Zerkas sprach den Schwertmeister nun direkt an.

„Sie, alter Haudegen, haben ihre Rolle grandios gespielt!"

Der Schwertmeister funkelte Zerkas böse an.

„Was soll das heißen?" fragte Fushi, bereits ahnend, dass die Antwort nichts Gutes verheißen würde.

„Sie haben unseren kleinen Hüter darauf gebracht, die Kristalle zu benutzen. Sie und dieses unschuldige Kind haben meinen Sieg erst vollkommen gemacht!"

Zerkas diabolisches Lachen hallte durch den Turm.

„Sie haben Tin von den Kristallen der Hüter erzählt, die einzelne zu einem großen Ganzen verbinden. Unser kleiner Hüter war natürlich aufgeschlossen, fasziniert von dem Gedanken einer Gemeinschaft, die zusammen mehr erreichen kann als die Summe ihrer Einzelteile. Sie erzählten ihm von dem Raum, den er selbst als Hakarascham verschlossen hatte. Und dann haben Sie, Fushi, einen großen Fehler begangen. Sie haben die Warnungen ignoriert, weil Sie gehofft hatten, dass es ihrer aller Rettung bedeuten könnte. Sie haben dem Kleinen die Gefahr verschwiegen, die von den Steinen ausgeht. Denn es gab einen Grund, warum der Hakarascham die Kristalle damals weggeschlossen hatte…"

Tin drehte sich zu Fushi um.

„Was meint er damit?"

„Nun ja", druckste der Schwertmeister herum, „es gibt Schriftstücke, die vermuten lassen, dass die Kristalle nicht nur Verbindungen zwischen ihren Besitzern schaffen. Aber es sind alte Dokumente, kaum lesbar und ich konnte ja nicht ahnen, dass…"

Fushi stockte.

„Dass was?!?" hakte Tin nach.

„Dass die Kristalle nicht nur in eine Richtung kommunizieren", antwortete Zerkas an Fushi statt. „Die Kristalle haben es euch ermöglicht, miteinander zu kommunizieren, zu reden und sogar Magie auszutauschen. Aber durch sie ist auch jeder andere Hüter in der Lage, diejenigen, die die Kristalle benutzen, zu finden. Das hat dir dein Lehrmeister verschwiegen. Es ist nicht vielen bekannt und erfordert filigrane Magie, zugegeben, aber es ist möglich. Wenn man die Kristalle erst einmal aufgespürt hat, öffnet diese Information einem Tür und Tor."

Zerkas Augen funkelten vor böser Begeisterung.

„Heißt das, du wusstest immer, wo wir waren?" Tin keuchte.

„Nicht nur das", sagte Zerkas und vollführte eine dankende Handbewegung in Richtung des Schwertmeisters. „Seit dem Moment, in dem du die Kristalle in dem Raum des Hakarascham berührt und aktiviert hattest, wusste ich endlich, wo sich meine Feinde des Untergrunds versteckt halten. Es hätte mich Jahre gekostet, sie ausfindig zu machen. Dank dir kenn ich nun ihr Versteck."

„Fushi, wir müssen sofort-" rief Tin, aber Zerkas winkte nur ab.

„Ach, mach dir keine Mühe, kleiner Hüter. Es ist vorbei. In diesem Moment greifen meine Truppen bereits euren jämmerlichen Unterschlupf an. Sie sind schon alle so gut wie tot, glaub mir. Und was deine Freunde hier, in meiner Stadt, betrifft… Ich wusste dank der Kristalle immer, wo sie sich versteckt hielten. Meine Panzerfische haben sie bereits längst in Ketten gelegt."

Tin konnte es nicht glauben. Sollte das das Ende sein?

Er blickte zu seinem Vater hinüber. Nein, er würde das nicht zulassen! Seinem Vater, seiner Mutter zuliebe – ihre Seele lebte ja noch! -, musste er seinen Onkel besiegen!

Fieberhaft überlegte Tin, wie er Zerkas besiegen konnte. Aber Zerkas war einfach zu stark, seine Magie war weitaus mächtiger als alles, was Tin in diesen Meeren gesehen hatte.

Alles, was er gesehen hatte… Tin dachte an die weisen Worte der Sinahia. Nicht alles, was sie gesagt hatte, war von Zerkas vorbestimmt gewesen. Ein Satz war aus ihrem tiefsten Inneren gekommen.

„Und am Ende höre auf dein Herz, es wird nicht nur dir den Weg weisen", hatte sie gesagt. „Gedanken können erraten werden, wahre Gefühle jedoch fühlen nur zwei."

Tin wusste nun, was er tun musste.

Er versuchte nicht, George zu kontaktieren oder mit ihm zu reden, wie er es zuvor gemacht hatte.

Er streckte die imaginären Fühler seines Herzens aus und dann, so klar als würde er vor ihm stehen, sah Tin George und George sah ihn. Tin fühlte die Aura seines leuchtenden Wals, als wäre er ein Teil von ihm selbst.

Der leuchtende Wal war noch nicht gefangen, er war frei. Das fühlte Tin nun ganz deutlich.

Zudem konnte er plötzlich fühlen, wo sich George genau jetzt, in diesem Moment, befand. Auch George konnte Tin jetzt fühlen. Er wusste, wo er ihn finden würde... und wo er den dunklen Herrscher finden würde.

Und bevor Zerkas auch nur reagieren konnte, explodierte die Mauer des Turms und George raste herein. Wie ein Orkan fegte er durchs Turmzimmer, rammte Zerkas und schleuderte ihn gegen die Wand des Turms. Bewusstlos ging der dunkle Herrscher zu Boden.

„Schnell, die Panzerfische sind überall!" rief George. „Springt auf meinen Rücken, wir müssen hier raus!"

„Was ist mit meinem Vater?!? Und mit Lagilo?" rief Tin.

„Die nehmen wir natürlich mit, was denkst du denn?!" rief George und schoss einen blauen Energiestrahl gegen die magischen Fesseln, die Gann immer noch in der Mitte des Raumes gefangen hielten. Sie erloschen, als wären sie nie da gewesen. Erschöpft knallte Gann auf den Turmboden.

Tin und Fushi sprangen nach vorne, legten erst Gann und dann Lagilo auf Georges Rücken, und sprangen dann selbst auf den Wal auf.

Bevor der dunkle Herrscher wieder zu Bewusstsein kommen konnte, waren sie in den Weiten des Ozeans verschwunden.

Vereint

Tin saß auf einem Stein vor den Ruinen des Verstecks des Untergrunds und starrte in die Ferne des Meeres hinaus.

Er war einerseits froh. Sie hatten seinen Vater befreit, endlich waren sie wieder vereint.

Andererseits war er auch traurig. Zu viele waren bei dem Versuch, Tins Vater zu retten, gestorben. Zu viele der Fische, die er von Fushis Untergrund-Kämpfern kennenlernen durfte, hatten mit dem Leben bezahlt, weil er die Kristalle der Hüter reaktiviert und damit den Schergen Zerkas den Unterschlupf verraten hatte.

Das einst so farbenfrohe Versteck, die Höhlen, die Gänge und der Saal, in dem Tin zu ihnen vor ihrem Rettungsversuch gesprochen hatte, waren zerstört. Zerkas Armee hatte alles dem Erdboden gleich gemacht.

Als Tin zusammen mit George, Fushi, seinem Vater und dem bewusstlosen Lagilo aus Zerkas Stadt Schhintar geflohen war, waren sie, so schnell George sie tragen konnte, zu dem Versteck des Untergrunds zurückgekehrt.

Doch es war bereits zu spät gewesen. Sie hatten nur noch Ruinen vorgefunden. Vereinzelt waren Fische zwischen den Steinen und eingestürzten Gängen umhergeschwommen, auf der Suche nach Überlebenden.

Tin hatte zusammen mit George die Angreifer noch verfolgt, aber in der Schwärze des Meeres hatten sie schnell die Spur verloren.

Nun waren sie nur noch wenige, die Zerkas die Stirn bieten konnten: Die Spiegelfische und die Schwertfische, die ihnen beim Angriff auf Zerkas zur Seite gestanden hatten, Lagilo, der sich von Zerkas Energiestrahl wieder erholt hatte, Fushi, George und natürlich Tins Vater, Gann.

Gann hatte sich, nachdem Tin und George von der Verfolgungsjagd wiedergekommen waren, entkräftet in einer der wenigen erhaltenen Behausungen des Untergrunds niedergelegt. Seitdem schlief er, obwohl mittlerweile mehr als zwei Tage vergangen waren.

„Du hast alles richtig gemacht, kleiner Hüter", hörte Tin nun Georges Stimme, dieses Mal nicht in seinem Kopf, sondern direkt neben sich.

Tin drehte sich um und blickte in die treuen Augen seines leuchtenden Wals.

„Natürlich", sagte Tin etwas niedergeschlagen und war sich selbst nicht ganz sicher.

„Ich weiß, dass du Zweifel hast, mein Hüter. Aber niemand hätte das geschafft, was du vollbracht hast! Hey, du hast deinen Vater befreit! Und du hast Zerkas besiegt! Das hätte niemand sonst fertiggebracht!"

Tin nickte. Er wusste, dass George Recht hatte. Aber, dennoch, es waren zu viele, die dafür ihr Leben hatten lassen müssen.

„Danke, George", sagte Tin und meinte es auch so.
„Es fühlt sich dennoch furchtbar an!"

„Ja, ich weiß", sagte George.

Beide schwiegen eine Weile.

„Ich habe die Kristalle wieder in den Raum der Hüter gebracht", sagte George. „Dein Vater meinte, es gäbe eine Möglichkeit, sie vor dem Zugriff Zerkas abzuschirmen. Vielleicht können wir sie doch noch sinnvoll einsetzen, irgendwann…"

Tin brauchte einen Moment, um den Sinn von Georges Worten recht zu begreifen.

„Mein Vater meinte… das heißt, er ist wieder bei Bewusstsein?!?"

„Ja, so ist es", sagte George grinsend.

„Warum hast du das nicht gleich gesagt?!" schrie Tin vor Freude heraus und schoss los - nichts hätte ihn jetzt von seinem Weg abhalten können.

Endlich kam er zu der kleinen Kammer, in der Gann untergebracht worden war.

„Papa, wie geht es dir?!?" platzte es aus Tin heraus, als er in den Raum sauste.

Sein Vater saß auf einer Pritsche und setzte seinen Mund gerade an eine kleine Kugel, die Tin in den letzten Tagen schon bei vielen Krankenbetten gesehen hatte.

Tin wusste, dass Emergyfische über solche Kugeln den Verletzten eine besondere Medizin verabreichten, die aus einer Art Algenbrei und Sandkristallen bestand. Der Hüter hatte schon gesehen, wie sich nach solch einem Trunk Stichverletzungen von selbst geschlossen hatten oder zerrissene Flossen wieder zusammengewachsen waren.

„Tin! Da bist du ja!" rief sein Vater erleichtert, der die Kugel sofort abgesetzt hatte und versuchte zu lächeln.

„Gut geht es mir! Auch wenn ich mich noch ein wenig schwach fühle. Aber mach dir keine Sorgen, ich werde wieder ganz der Alte!"

Tin warf sich seinem Vater in die Arme und riss ihn dabei fast vom Stuhl.

„Sachte, sachte, mein Großer!" sagte Gann und lachte. „Du tust dir noch selber weh, wenn du mich so fest umarmst!"

„Ich dachte ich hätte dich verloren, Papa!" sagte Tin und konnte die Tränen nicht unterdrücken.

„Das dachte ich auch, Tin, mein großer kleiner Hüter!"

Lange saßen sie so eng umschlungen und genossen es, den anderen zu spüren und wieder vereint zu sein.

Dann löste Tins Vater sachte die Umarmung und schaute seinem Sohn tief in die Augen.

„Du hast Großes geleistet, mein Sohn", sagte er sanft. „Du hast mich befreit und Zerkas besiegt!"

„Aber Zerkas ist noch da draußen, ich spüre ihn", sagte Tin.

Sein Vater nickte.

„Ich spüre ihn auch. Zerkas wird wiederkommen, so viel ist sicher."

„Warum hast du mir vorher nie von all dem erzählt", fragte Tin seinen Vater. „Von unserem Geheimnis, den Hütern, all dem, was unserer Familie wiederfahren ist und von der Welt hier unten?"

„Hättest du es denn geglaubt? Oder verstanden? Und selbst wenn, was hättest du gemacht? Im schlimmsten aller Fälle hättest du versucht, Mama wiederzufinden."

„Und ob ich das hätte", sagte Tin mit Vehemenz.

„Oh, das hättest du", sagte sein Papa. „Aber du hättest gegen Zerkas nichts ausrichten können. Er hätte dich sofort gefangen genommen und wer weiß was noch mit dir angestellt. Du hast ihn gesehen, du weißt jetzt, wozu er fähig ist…"

Tin nickte. Er wusste, dass sein Vater Recht hatte. Dann dachte er an seine Mama.

„Papa, werden wir Mama wiederfinden und befreien können?"

Sein Papa guckte Tin lange an.

Dann sagte er: „Was fühlst du?"

Tin fühlte in sich hinein. Dann grinste er. Er musste nicht antworten. Sie fühlten es beide.

Seine Mama war da, neben der Unendlichkeit ein Stückchen links. Sie war nie weggewesen.

„Komm", sagte sein Papa. „Wir gehen zu ihr."

Die Vergangenheit, die Gegenwart und die Zukunft

Sie hatten nicht lange gebraucht. Zumindest war es Tin nicht so vorgekommen. Den ganzen Weg lang hatte er sie gespürt. Und mit jedem Armzug war sie nähergekommen.

Dann, plötzlich, hatte sein Papa die Geschwindigkeit verlangsamt und Tin das Zeichen gegeben, gleiches zu tun.

Sie waren zu einer Senke gekommen, die von hell leuchtenden Kristallen sanft in den Wogen des Meeres geschimmert hatte.

Und inmitten dieser Senke, neben glitzernden Fischen und Muscheln, so groß wie stolze, aufgeplusterte Kugelfische, schwebte eine Schildkröte.

Es wäre einfach, sie alt zu nennen, um dem Leser zu beschreiben, was man sich vorzustellen hätte. Aber das träfe nicht den Kern der Sache.

Diese Schildkröte hatte den Status, der die perfekte Gradwanderung hinkriegte zwischen „Oh mein Gott, die ist ja frischer als der Morgen, der den Morgentau erfrischt" und „Ich hätte niemals gedacht, dass etwas in diesem Universum älter werden könnte als das Universum selbst".

Und sie sah dabei noch fantastisch lässig aus. Die Schildkröte schwamm nämlich nicht, sie war einfach.

Tin erinnerte sich. Er wusste nicht woher, aber ein Blick genügte ihm, um zu wissen, dass diese Schildkröte seine Vergangenheit, seine Gegenwart und seine Zukunft war. Und er wusste, dass dies nicht nur für ihn galt, sondern für seine gesamte Art – für alle Hüter.

„Sie ist in ihr, nicht wahr?" fragte Tin und blickte zum Panzer der Schildkröte, der in allen Farben der Galaxie pulsierte. Irgendetwas war in ihr, auf ihr und mit ihr. Tin ahnte, was es war.

Und er fühlte, dass seine Mutter ein Teil davon war.

„Ja, das ist sie", sagte Gann. „Wir alle sind in ihr. Alle Seelen der Hüter, die darauf warten, wieder Teil des Lebens zu werden. Du warst es, ich war es, Mutter ist es jetzt und wir werden es bald wieder sein."

Tin sah wieder zur Schildkröte.

„Dann ist sie, die Schildkröte, das Mojo?"

„Ja, das ist sie", sagte sein Vater.

„Wie können wir Mutter befreien?" fragte Tin.

„Das kann nur sie selbst", sagte sein Vater und lächelte. „Das Leben selbst wird sie befreien."

„Also werden wir sie wiedersehen?" fragte Tin.

„Oh ja", sagte sein Vater und nickte der Schildkröte zu, die das Mojo auf ihrem Panzer durch das Universum trug, „das werden wir, mein Sohn, das werden wir!"

Thore, Martinischule Münster, 10 Jahre

Das Geheimnis der verschwundenen Geburtstage

-

1. DIE GEBURTSTAGSEINSAUGSTRAHL-MASCHINE

Rumpalampaladum - der Bandalord trat so heftig auf die Bremse, dass unzählige Gegenstände im Inneren seines Raumschiffes wild durcheinanderpurzelten. Was den Bandalord allerdings wenig kümmerte - im Gegenteil, er liebte die Unordnung.

In diesem Moment hatte er gerade sein Raumschiff neben dem Mond in Position gebracht und betrachtete interessiert den blauen Planeten, der aus den Tiefen des Weltalls vor ihm auftauchte.

„Hab ich dich!" flötete der Bandalord vergnügt und fummelte dabei den Dreck unter seinen Fingernägeln hervor.

„Meinen Recherchen zufolge soll es hier eine Menge unschuldiger, ahnungsloser Kinder geben, denen ich ihre Geschenke klauen kann. Und vielleicht finde ich endlich das eine Geschenk, um es vollkommen zu machen!"

Lachend ging er in den Laderaum seines Raumschiffs, in dem er den Großteil seines bisherigen Diebesguts, Geschenke aus anderen Galaxien verstaut hatte.

Er bewahrte nur die schönsten und ausgefallensten Geschenke auf, den Rest schoss er jedes Mal achtlos den Sternen entgegen oder lud sie auf vergessenen Planeten ab.

Die wertvollsten Geschenke von allen allerdings hatte er in einer Vitrine in seiner Kommandozentrale aufgestellt, wo er sie jederzeit betrachten konnte.

Gierig ließ der Bandalord den Blick über seine Schätze im Laderaum wandern. Neben farbprächtigen Ritterkostümen des Prienomina-Nebels und filigranen Raumschiffmodellen des Sichuan-Volkes, fanden sich auch eine Auswahl an Klimbanschu-Puppen, kleine, haarige Monster, die entfernt an eine Kreuzung aus Dinosauriern und Hausschweinen erinnerten, sowie eine Sammlung an Steinitis de Falkoris-Brillen, die in der Galaxie wohl ihresgleichen suchte.

Die pompöseste dieser seltenen Brillen hatte sich der Bandalord zu einer echten „Raumfahrer-Taucher-Brille" umgebaut. Mit ihren zwei überdimensionalen Fernrohren, durch die der Bandalord selbst die entferntesten Galaxien heranzoomen konnte, sahen seine Augen so groß aus wie Spiegeleier.

Dazu hatte der Fiesling Ohren, mit denen er

Elefantenkindern Konkurrenz machen konnte und Warzen so weit das Auge reichte. Seine Haut war von einer Art blauem Schimmelpilz überzogen und zusammen mit einer Frisur, die aussah wie eine Naturkatastrophe NACH einer Naturkatastrophe, hätte der Bandalord so manchem Alptraum entspringen können, wäre da nicht seine Größe gewesen, die die gesamte Gruseligkeit seiner Erscheinung wieder zunichtemachte. Das fand zumindest der Bandalord. Er war nämlich gerade mal so groß wie ein fünfjähriges Erdenkind - wie ein sehr kleines, fünfjähriges Erdenkind.

Nun wird, wie jeder weiß, ein Wesen nicht durch sein Äußeres bestimmt, sondern durch sein Inneres, sein Denken und Fühlen. Und da machte der Bandalord seine Größe wieder mehr als wett... er war nämlich durch und durch böse. So böse, dass es ihm manchmal sogar vor sich selbst graulte.

Aber nicht so an dem heutigen Tage. Heute war der Bandalord außerordentlich gut gelaunt, denn er würde endlich wieder neue Geschenke bekommen.

Grinsend griff er in das nächststehende Regal und holte eine Flasche mit der Aufschrift „Karamba-Saft" heraus. Die goldschimmernde Flüssigkeit waberte zäh hin und her, als der Außerirdische die Flasche gegen die grelle Deckenlampe des Laderaums hielt.

„Das wird reichen", sagte der Bandalord fröhlich, schloss die Tür wieder hinter sich und ging die stählerne Wendeltreppe hinauf, die zu seiner Kommandozentrale führte.

Oben angekommen ließ er sich auf einen zerrissenen Sitz plumpsen und griff nach seiner Geburtstagseinsaugstrahl-Maschine. Langsam ließ er den goldenen Saft in eine Öffnung der Maschine laufen und strich dann liebevoll über das Kanonenrohr.

„Bald meine Kleine", flüsterte der Bandalord der Maschine zu, als wäre sie lebendig, „bald werden wir sie uns holen. Und dann sind alle Geburtstagsgeschenke mein!"

2. GANZ GALLIEN?

Ungeduldig stand Thore vor dem Fenster und blickte auf die Straße hinaus. Noch war nichts zu erkennen. Kein Auto, kein Fahrrad, kein Kind weit und breit. Normalerweise war Thore nicht aufgeregt. Aber heute war immerhin sein Geburtstag. Er freute sich auf den Tag schon seit einer halben Ewigkeit. Na gut, streng genommen seit einem Jahr, seit dem Tag nach seinem letzten Geburtstag.

Ganz besonders freute er sich auf seine Freunde, die bald kommen würden, um mit ihm seinen Geburtstag zu feiern.

Wieder schielte er über die Fensterbank. Eisblumen hatten sich an den Rändern des Fensters gebildet und leichter Frost ließ den Gehweg im Sonnenschein erstrahlen wie bunte Sterne. Doch immer noch war niemand zu sehen.

„Meinst du es hilft, wenn du Löcher in die Luft starrst?" fragte Thores Vater belustigt und verstrubbelte Thores blonde Haare, die beinahe genauso leuchteten wie die Sonne selbst.

„Vielleicht…", entgegnete Thore grinsend und riss

seine blauen Augen noch weiter auf.

„Na, wenn es hilft!" sagte sein Vater mit einem Augenzwinkern und blickte nun ebenfalls interessiert in die Kälte hinaus.

„Ich denke, dass du heute mit deinen Wünschen keine Probleme haben wirst. Immerhin ist es dein Königstag."

„Richtig!" sagte Thore und streckte die Brust weit heraus.

Und weil es sein Geburtstag war, hatte Thore an alles gedacht. Wer kommen soll, welchen Kuchen und welche Geschenke er haben wollte, das Thema seines Geburtstags und welche Spiele gespielt werden sollten.

Dann, endlich, kamen sie. Arne, Isabella, Hannes, Lucian, Tim, Ben und Luk. Sieben Freunde insgesamt, denn immerhin war es ja auch sein siebter Geburtstag - Ordnung muss sein.

Luk war Thores bester Freund. Sie hatten sich vor ein paar Jahren auf dem Spielplatz kennengelernt, als ein größerer Junge Thore die Schaufel weggenommen hatte. Thore hatte den Jungen damals nur ängstlich angeschaut. Gewalt und Streit hatte er noch nie leiden können. Dann war plötzlich Luk aufgetaucht, hatte sich mit seiner braunen Mähne und seiner breiten Brust vor den größeren Jungen gestellt und laut „Das ist seine Schaufel!" gerufen.

Eingeschüchtert hatte der ältere Junge die Schaufel fallengelassen und war weggerannt. Seitdem passten die beiden aufeinander auf. Luk auf Thore und Thore auf Luk.

Nachdem Thore alle begrüßt hatte, stand er mit seinen Freunden um den Geburtstagstisch herum, auf dem die Geschenke auf das große Zerreißen warteten.

Gespannt blickte Thore in die Runde. Gleich würde seine Mutter das Geburtstagslied anstimmen, alle würden singen und dann, am Ende des Liedes, würde er endlich die Geschenke aufmachen dürfen.

„So, wollen wir dem Geburtstagskind ein kleines Liedchen singen?" fragte seine Mutter gerade.

Die Kinder nickten schweigend - sowas konnte man in der Regel nicht verhindern…

„Also dann…"

Im selben Moment, in dem Thores Freunde mit dem Geburtstagsständchen begannen, schaute der Bandalord kichernd durch das Zielfernrohr seiner Geburtstagseinsaugstrahl-Maschine und visierte seelenruhig die Erde an.

„Nun ist es aus mit euren Geburtstagen!" kicherte er. „Aus mit Schokokuchen, aus mit Topfschlagen und aus mit euren Geschenken!"

Ohne weiter zu zögern, drehte der Bandalord seine Geburtstagseinsaugstrahl-Maschine auf „Geschenke-Einsaug-Maximum-Wumme" und drückte ab.

Der Weltraum schien für den Bruchteil eines winzigen Augenblicks zu explodieren, nur um im nächsten Moment mit seiner unendlichen Schwärze vorzugaukeln, dass gar nichts passiert wäre.

Und tatsächlich – niemand auf Erden hatte den Strahl bemerkt, der eben auf die Erde abgeschossen worden war. Es kam noch schlimmer. Niemand konnte sich auch nur im Entferntesten daran erinnern, wie das Leben noch vor wenigen Augenblicken abgelaufen war.

Geburtstagskinder standen mit ihren Freunden verwirrt vor einem einsamen Tisch, der bis eben noch mit Geburtstagsgeschenken befüllt gewesen war oder steckten sich leere Kuchengabeln in den Mund, was sich zwar niemand erklären konnte, aber zumindest sehr komisch aussah. In einigen Ländern fanden sich Kinder mit offenem Mund und artig gefalteten Händen vor einem einzelnen Kind wieder, das wohl auf irgendetwas wartete, das nicht - oder nicht mehr - kam.

Doch wie die Menschen nun mal sind, wurden derartige Situationen mit einem Lächeln oder einem Knuff in die Seite des am nächsten stehenden Opfers überspielt. Und wenn das alles nichts half, gab es eben Pommes mit Ketchup - das geht immer.

Tatsächlich gab es also niemanden, der das Fehlen von Geschenken oder Geburtstagen bemerkte.

Niemanden bis auf den Bandalord, der das regelmäßige „Plopp" der eintreffenden Geschenke durch seine Geburtstagseinsaugstrahl-Maschine sichtlich genoss und die neuen Geschenke gekonnt entweder auf die Rückseite des Mondes schoss oder in seinen Laderaum beamte.

Niemanden bis auf den Bandalord? Nun, nicht ganz. Es gab noch zwei weitere Personen, die sowohl den Schuss der Geburtstagseinsaugstrahl-Maschine, als auch das Fehlen der Geburtstage bemerkt hatten.

Die eine Person war erst vor wenigen Augenblicken durch ein Wurmloch, eine Art superschnelle Verbindung zwischen den Sternen, mit ihrem Raumschiff auf der anderen Seite des Mondes aufgetaucht. Nur die Spitze des Raumschiffs lugte gerade so weit an der Mondoberfläche vorbei, dass der zweite Außerirdische den Bandalord beobachten konnte, ohne selbst gesehen zu werden.

Sein Name war Pustapala, letzter Geburtstagshabende vom Stern Schnuffpuff.

Betroffen hatte er tatenlos mitansehen müssen, wie zuerst der Geburtstagseinsaugstrahl die Erde getroffen und dann der Bandalord begonnen hatte, die Geschenke mit seiner Maschine Stück für Stück einzusaugen.

Nun blickte er durch sein Fernrohr, welches auf das Raumschiff des Bandalords gerichtet war, und verfolgte das Eintreffen der Geschenke.

„Ich bin schon wieder zu spät gekommen…", nuschelte Pustapala traurig. „Wenn ich doch nur wüsste, wie ich diesen Fiesling stoppen kann…"

Ohne von der Existenz beider Außerirdischer zu wissen, hielt die zweite Person, die das Aufblitzen des Geburtstagseinsaugstrahls gesehen hatte, schützend ihre Hände vors Gesicht.

Es war der kleine Thore, in dessen Augen es immer noch funkelte, als würden alle Sterne des Universums gleichzeitig wie wild mit dem Popo wackeln.

Nur langsam ließ er die Arme sinken und blickte verwirrt in die Gesichter seiner Freunde, die mit offenem Mund und glasigem Blick stumm ins Leere starrten.

3. DAS LEERE FOTOALBUM

„Hey, was ist denn mit euch los?!" rief Thore in die Runde. „Habt ihr auch dieses Blitzen gesehen? Das war ja -"

Ihm stockte der Atem. Er blickte auf den

Geburtstagstisch, der bis eben noch mit Geschenken gefüllt gewesen war. Schockiert beobachtete er, wie ein Geschenk nach dem anderen mit einem leisen „Plopp" einfach verschwand.

Dann sah er aus dem Fenster. Seine Geschenke waren nicht vollständig verschwunden. Sie erschienen wieder, wie bei einem Zaubertrick, eins nach dem anderen vor seinem Haus und schwebten dem Himmel entgegen.

Über die Hälfte seiner Geschenke hatte so bereits den Weg zu den Sternen angetreten, inklusive dem leckeren Schokoladenkuchen, der komplett aus Smarties und Gummibärchen bestanden hatte.

„Aber das… das geht doch nicht!" stotterte Thore. „Habt ihr das gesehen?! Hey, Luk, guck doch mal! Meine Geschenke, die… die haun einfach ab!"

Aber Luk reagierte nicht. Es reagierte überhaupt niemand. Noch nicht einmal Thores Eltern, die genauso ausdruckslos in die Ferne blickten wie seine Freunde.

„Mama, Papa, tut doch was!" rief Thore, der zumindest von seinem Papa einen lauten Aufschrei erwartet hatte, als der Schokoladenkuchen verschwunden war.

Mittlerweile waren fast alle Geschenke vom Geburtstagstisch verschwunden. Nur ein einziges, in weißes Glitzerpapier gehüllte Paket stand noch auf dem Tisch. Und auch dieses wollte sich gerade mit einem kleinlauten „Plopp" aus dem Haus stehlen und dem Himmel entgegenschweben.

Thore hörte schon das „P", das „l" und das „o" des „Plopps". Doch bevor das „Plopp" in Zeit und Raum verklingen und auch das letzte Geschenk verschwinden konnte, sprang er einem Panther gleich nach vorn und krallte sich an dem Geschenk fest, als wenn es der Anker der Welt wäre.

Das Geschenk wackelte wie ein Fisch an der Angel, strampelte wie ein Zweijähriger, der zum ersten Mal in einem Planschbecken sitzt und zischte wie eine Schlange, der man zu nahegekommen war.

Doch all das half dem Geschenk nicht. Thore hielt es einfach so lange fest, bis das Geschenk keinen Mucks mehr von sich gab und wieder still auf dem Tisch lag.

Thore war ein bisschen stolz auf sich. Auch wenn ihm das Zischeln des Geschenks Angst gemacht hatte, hatte er gekämpft und es festgehalten. Erleichtert hielt er das letzte Geschenk mit beiden Armen fest umklammert und blickte in die Runde.

Und tatsächlich, seine Freunde schienen endlich wieder im Hier und Jetzt angekommen zu sein. Aber anstatt Thore zu dem Fang des Geschenks zu gratulieren, starrten sie ihn nur mit einem verwirrten Gesichtsausdruck an.

„Was ist denn los mit euch?" fragte Thore, der so langsam sauer wurde. Nichts lief bisher so, wie er es sich für seinen Geburtstag gewünscht hatte.

„Ihr hättet mir bei den Geschenken ruhig mal helfen können!" sagte er. „Jetzt ist nur noch das eine hier übrig…"

Thore hielt das letzte Geschenk in die Höhe.

„Was hast du da in der Hand, Großer?" fragte sein Papa. „Ein komischer Karton ist das. Und warum glitzert der so?"

Thores Freunde nickten zustimmend. Sie konnten sich nicht erklären, warum Thore sich so aufregte und noch weniger, woher dieses komische Paket kam.

„Ist das ein großer Bauklotz?" fragte Hannes gerade,

der noch ein bisschen kleiner war als die anderen.

„Das ist ein Geschenk, was denn sonst!?" antwortete Thore und blickte seine Freunde verständnislos an. Behutsam stellte er das letzte Geschenk auf den Geschenketisch zurück.

„Wisst ihr denn nicht mehr? Heute ist mein Geburtstag! Hier, direkt vor euch, lagen meine Geschenke. Und der Geburtstagskuchen, der stand dort."

Thore zeigte auf den Tisch, der bis vor wenigen Augenblicken noch mit Kinderträumen gefüllt gewesen war.

„Dies hier ist ein Geburtstagsgeschenk", sagte Thore und zeigte auf das einsame Geschenk. „Ihr habt es mir zu meinem Geburtstag geschenkt."

Seine Freunde blickten ihn nur irritiert an.

„Was ist ein Cheburtstag?" fragte Ben.

„WAS? Du weißt nicht mehr, was ein Geburtstag ist? Das ist nicht dein Ernst!" entgegnete Thore. Er verstand die Welt nicht mehr.

„Der Geburtstag ist der tollste Tag im Jahr!" rief er aufgeregt. „Der Tag, an dem ihr geboren wurdet. Da kriegt man einen Berg an Geschenken, Süßigkeiten so viel man will und alle kommen und freuen sich mit einem - Geburtstag eben!"

Sein Papa lachte nur.

„Na, von so einem Tag träumen wohl alle Kinder", sagte er und blickte seinen Sohn dabei milde an. „Aber ein Traum bleibt ein Traum! Geschenke gibt's nur an Weihnachten, das weißt du doch. Und selbst dann kriegt man nicht so viele Süßigkeiten, wie man will. Außerdem ist Weihnachten noch knapp einen Monat entfernt."

Thore schüttelte den Kopf. Wie konnte es sein, dass

sich niemand mehr an seinen Geburtstag erinnern konnte? Als wäre der Geburtstag vollständig aus ihrem Gedächtnis gelöscht worden.

„Wartet!" rief Thore. „Ich zeige euch, wie ein Geburtstag aussehen sollte! Der hat mit Weihnachten nämlich rein gar nichts zu tun!"

Mit diesen Worten sprang er zur Kommode, in der seine Eltern die Familienalben aufbewahrten, und zog ein Album nach dem anderen hervor. Dann fand er das Richtige - das Album mit dem blauen Umschlag.

„Hier, die Fotos sind vom letzten Jahr", sagte Thore. „Da haben wir die Bilder meines sechsten Geburtstags eingeklebt, weißt du noch, Mama?!"

Seine Mutter schüttelte den Kopf. „Ich glaube du vertust dich mein Schatz. Das Album haben wir doch für die Silberhochzeit von Oma und Opa reserviert…"

„Nein!" protestierte Thore mit fester Stimme. „Wir haben uns die Bilder doch noch letzte Woche angesehen. Du wolltest gucken, wie du letztes Jahr den Kuchen gemacht hattest."

Thore warf das Album auf den Geburtstagstisch und schlug die erste Seite auf. Sein Mund klappte auf - und wieder zu - und wieder auf - und wieder zu. Hektisch blätterte er die ersten Seiten um. Seine Mutter hatte Recht. Das Album war leer, kein einziges Bild war zu sehen. Es gab noch nicht mal die sonst üblichen, lästigen Klebereste von Bildern, die mal eingeklebt worden waren. Das Fotoalbum war wie neu, als wäre es nie benutzt worden.

„Aber… aber… das kann nicht sein! Wir haben die Bilder doch zusammen eingeklebt! Es waren Geburtstagsbilder. Das letzte Bild war von mir, wie ich in einem Meer aus Geschenken einen Engel mache, als würde ich im Schnee liegen…"

„Ähm, was haltet ihr davon, wenn wir in den Garten gehen und ein kleines Spiel spielen?" fragte Thores Papa und versuchte, ein Lächeln in die Runde zu werfen. „Wo wir doch schon so viele Freunde hier haben."

„Das ist eine sehr gute Idee", nahm Thores Mutter den Faden auf und klappte beiläufig das Fotoalbum wieder zu. „Geht ihr schon einmal in den Garten. Thore und ich holen die Spielsachen aus dem Keller, ja?"

Thores Papa ging mit den Kindern hinaus. Thore fand, dass das alles überhaupt keine gute Idee war. Er wollte seinen Geburtstag wiederhaben. Und seine Geschenke.

„Apropos Geschenke, sicher ist sicher", dachte Thore, nahm das letzte Geschenk vom Tisch, murmelte „Bin gleich wieder da, Mama" und lief die Treppe zu seinem Zimmer hinauf.

„Dich wird mir keiner klauen", versprach Thore dem Geschenk und schob es unter sein Bett.

-

Das Buch **„Das Geheimnis der verschwundenen Geburtstage"** findest du online in den gängigen Shops oder direkt bei den Autoren unter

www.danielgeissler.de

Inhaltsverzeichnis

ÜBER DIE AUTOREN

Die ersten Geschichten, die Daniel Geißler und Thore
Hunfeld zusammen erdacht haben, fingen damit an, dass sie
alle Bücher in ihrem Zuhause durchgelesen hatten.
Mehrfach. Also mussten neue Geschichten her. Zu Anfang
dachte sich Thore ein paar Wörter aus und Daniel fing an,
daraus eine Geschichte zu stricken. Danach fingen sie an,
Storylines zu erstellen.

Die Geschichten wurden immer länger und ausgefallener.
Und ein paar waren so gut, dass sie beschlossen, die ersten
Zeilen zu Papier zu bringen.
So entstand „Krampelabam – der kleine Kila". Auf dieses
Kinderbuch, das immer noch auf seine Veröffentlichung
wartet, folgten weitere Geschichten, die die Autoren immer
mit viel Fantasy und Humor erzählen.
Im wahren Leben, das hier eigentlich nichts zu suchen hat,
ist Daniel Manager und Thore Schüler.

Vorgelesen haben die beiden Autoren ihre Bücher schon an
den verschiedensten Orten.
Und die Ideen für ihre Bücher kommen immer noch aus
dem Nirgendwo. Dort ist es am interessantesten…

Printed in Germany
by Amazon Distribution
GmbH, Leipzig